我在大学谈恋爱

周　石　陈筱睿　主编

中国社会出版社

图书在版编目(CIP)数据

我在大学谈恋爱/周石，陈筱睿主编．--北京：中国社会出版社，2014.2
ISBN 978-7-5087-3891-8

Ⅰ.①我… Ⅱ.①周…②陈… Ⅲ.①故事—作品集—中国—当代 Ⅳ.①I247.8

中国版本图书馆 CIP 数据核字（2014）第 006958 号

书　　名：我在大学谈恋爱
主　　编：周　石　陈筱睿
责任编辑：王晓翔
助理编辑：赵津莹

出版发行：中国社会出版社　　邮政编码：100032
通联方法：北京市西城区二龙路甲 33 号
电话：编辑部：（010）66061723
邮购部：（010）66081078
销售部：（010）66080300　（010）66085300
（010）66083600
传　真：（010）66051713　（010）66080880
网　　址：www.shcbs.com.cn
经　　销：各地新华书店

印刷装订：中国电影出版社印刷厂
开　　本：165mm×238mm　1/16
印　　张：14.5
字　　数：230 千字
版　　次：2014 年 4 月第 1 版
印　　次：2014 年 4 月第 1 次印刷
定　　价：28.00 元

序　言

2012 年初秋的某一天，我们与刚刚升入大学二年级的同学们聊天，商量写一本关于大学里爱情的书。这个建议立即得到同学们的热烈共鸣，他们对这个话题非常感兴趣，想就这个话题进行深入的交流探讨，以至成书。

于是同学们开始寻找写作人物，进行采访，写出初稿，小组讨论，互提意见，头脑风暴，反复修改，直到最后定稿……在这个过程中，同学们投入了大量的时间和精力。我们被同学们忘我的工作热情、克服困难的韧劲和追求完美的精神所感动，也为有这样的学生而感到骄傲和自豪。

这里面的 18 篇文章，记录的是 18 个爱情故事。

18 个爱情故事，用 18 种爱深深酿造，使之历久弥香的是 18 段深深的缠绵之情……

18 个爱情故事，蕴含了甜美与苦涩，欢笑和泪水。既有有情人终成眷属的花好月圆，也有劳燕分飞的遗憾……但无论是花好月圆还是终身遗憾，故事里记录的都是主人公当年纯洁的情怀，纤尘不染。

我们依然记得这18个故事的主人公身上鲜明的时代烙印。20世纪五六十年代的他们，正值共和国诞生的初期，他们的爱情更多地带有五星红旗的赤诚与热烈。“让我与你结为革命伙伴，为了祖国的事业奋斗终身”，简单中透露着厚重，朴素中散发着芬芳。七八十年代的他们，改革开放的春风不仅吹来了经济的腾飞，更带来了鲜活思想的复苏。爱情不再是一种古老的只存在于诗歌中的名词，它围绕在你我的身旁。尽管羞涩，或许稚嫩，但青春的悸动、爱情的欣喜将整个七八十年代染上了一种富有希望的绿色。从九十年代跨入新世纪，他们沉浸在高科技带来的便利之中，不必再焦急地等待好几日才能收到一封鸿雁衔来的锦书，萦绕着爱恋的文字弹指之间便可通过短信或网络传递出去。他们的爱情早已不再拘泥于某一种形式或某一种话语，从神坛走下来的爱情在这个时代含义更加丰满，尽管我们不得不承认更多的一些问题也出现在这个时代——它就像是天空的蓝，包容着多种多样的爱情。不过无论哪个年代，爱情似乎都是大学校园里永恒的话题和最美好的回忆之一。

在初稿写完后，我们曾想在每个故事后加上我们的评论，在“爱情”的思考上与同学们达成共识……没有想到的是，大部分同学不同意我们的观点，甚至与我们发生激烈的争论。我们陷入深深的思考中：是我们的观点落后，还是同学们的“爱情观”有问题？也许“爱情”是世界上最没有标准答案的情感，是最个性化的体验，没有标准答案本身就是“爱情”的答案。

没有标准答案的“爱情”，也可以给你一些启发：无论在什么年代，纯真的爱情都是催人上进的动力；无论生活多么艰苦，纯真的爱情都会使生活充满阳光；无论相隔多远，纯真的爱情都会把两个人的心密切地联系在一起……

你看，那一段段远去的往事被春水浸泡，秋风吹拂，早已洗去铅华，清绝明净。时光微凉时，一个人，一本书，一杯茶，一帘梦，任凉风吹起书页，任烟雨让尘封在书卷里的词章和故事弥漫着潮湿的气息，你闲闲地读，深深浅浅地欢喜或是叹息……

这里要感谢故事里的每一个主人公，或是不顾年事已高，或是不管工作繁忙，欣然接受我们的访谈，为我们呈上这一个个鲜活的故事和人物。请允许我们借此机会真诚地祝愿：愿天下有情人终成眷属。

周　石　陈筱睿

2013 年 9 月 1 日于中国人民大学劳动人事学院

目　录

五六十年代　也曾年少，梦回酒醒

【卷首语】

六十年温情苦恋

在每一个苍老或年轻的面孔背后，都隐藏着一段历史，将那些相似或相同的历史连缀起来，就形成了一个时代的人们共同的记忆。爱情，无疑是这种记忆里，最不可或缺的一部分。

20 世纪 50 到 60 年代，大学生的校园爱情被刻上了实实在在的红色烙印。随处可见的毛主席语录，禁止学生恋爱的明文规定，飘扬在校园上空的歌曲《我们走在大路上》，似乎都已成为那个时代的标志。然而，彼时的大学生们所共同拥有的，远不止人们印象里常常浮现的这些情景，他们有满腔热忱和远大理想，他们有勤奋严谨踏实的作风，他们有坚定信念和赤子之心。同样，他们隐晦的情愫也赤诚而浓烈，一如今夕。

如果我们轻触那些事经人纬的脉络，就会发现它们编织出一幅绵绵密密的时代风俗画，低语着背后的故事。

六十年前的那群大学生，都经历了“文化大革命”的“洗礼”。他们或几经坎坷，或隐忍度日，但半个世纪后，当他们回眸，只因心如赤子，所以眼底里依旧是满含的脉脉温情。

轻舟慢载，细水长流

——相濡以沫走金婚

乔懿

他是上海乡下出身贫寒的海归，她是知识分子家庭漂亮聪慧的二小姐。他却打败所有她的追求者赢得美人的芳心。他们一同走过艰苦岁月，恐惧、沉默和迷茫几近吞噬那个时代。如今，他们已牵手共同走过人生五十载，用金婚为他们所有的爱与坚持加冕。二老的金婚路，没有惊涛骇浪，却并非平坦。

相识、相伴、相恋——你就是我的那个他

雯秀生于大连，小时候跟随父亲工作调动来到了北京。她的父亲曾留学日本，按现在的话是海归了，作为电力系统的高级知识分子，还参与了开国大典天安门城楼的电力保障工作。雯秀的母亲是家庭妇女，生有三个女儿，雯秀是二女儿。雯秀的父亲刚解放时就有 100 多元工资，生活还算富裕。雯秀的母亲只上到小学四年级，对丈夫是留洋的颇为自豪，对孩子的教育也很在意，三姊妹都知书达理。

1957 年，雯秀考上了北京农业机械化学院，刚迈进大学的大门就赶上反右运动，大学里原有的宁静与深沉被打破了。公告栏上贴满了大字

报，昨天还在教课的老师，今天就被推上高台，接受批斗，打为右派。学校里老师都没心思备课教课了，同学们更没心思上课，人心惶惶，生怕自己的哪句话说得不合适就给扣上帽子，推去批斗。人们在那个日子都活得小心翼翼，规规矩矩。

1958 年大炼钢铁，校园内干劲火热。没过多久，同学们又被调到农场干活。雯秀被分配去喂鸭，每天三顿，把鸭子从小黑屋里赶出来，拎起鸭子的脑袋，往每个鸭子嘴里放 10 个圆柱状的鸭食，再赶回去，就算完成了任务。天刚亮大家就起来去干活，下午回学校上课。1959 年，雯秀又被派到工厂干活。1960 年 6 月因为雯秀天资聪颖，政治表现良好，被高教部抽调当留校预备老师，分配到学校修理教研室，负责教拖拉机电气系统课程。那时的她还是大三的学生，三年来由于各种运动一直没有好好上课读书，雯秀赶紧抓紧时间读书备课，给大四、大五的学生讲课。小个子的雯秀穿着列宁装，梳着两个大辫子站在讲台上给比自己年长的师哥师姐们讲课，一点也不胆怯，原本枯燥的拖拉机电气系统课程，经她的讲解变得生动易懂，颇得学生们的欢迎和认可。

这时有年长的师兄开始追求雯秀了，可她都未动心，一门心思读书备课，用心授课。

可是，一个海归的出现，引起了她的注意。

这个人就是蒋木。蒋木比雯秀大七岁，生于上海浦东小镇，兄弟五人。因蒋木的父亲抽大烟败尽了家里的钱，家境极为贫寒。排行老二的他，上到初中时为让弟弟能读书，自己辍学去当学徒工，打工挣钱。不愿放弃学业的蒋木，边打工边读书，凭着自己的坚持和努力回到学校念完了高中，而且成绩优异，1950 年高中毕业后分到上海团校工作。由于他工作出色，思想进步，被团校选派上了大学，1952 年，来到北京农业机械化学院。上大学后，蒋木更加珍惜机会，刻苦学习，不仅学业优秀，又把班长和团支书的工作干得有声有色，后被选中公费留学苏联，1954 年进入列宁格勒农业机械化电气化学院学习。正是这段留苏经历，使得蒋木这个小镇穷孩子的人生轨迹就此改变了。1959 年，蒋木学成回国后在国家科学技术委员会专家局挂职，国家准备选派他留学苏联、波兰继续深造研究生学业。蒋木成为留苏预备研究生，准备两年后再次踏上苏联的土地。这期间，蒋木在学校修理教研室当助教、搞科研。修理教研室成了雯秀和蒋木爱情开始的地方。

1960 年夏天，两人成为了同事。两人初识并没有擦出什么火花，面对这位当时稀有并极其优秀的留苏生，虽然同为单身，雯秀也只是仰慕，但是同教研组的同事们可不愿让这两人错过美好的姻缘。一个漂亮伶俐、天资聪颖；一个学识渊博、老实上进，同事们纷纷牵线搭桥，撮合两人，为他们创造独处和互相了解的机会。比如单位发的电影票故意让两人挨着坐，电影散场后大家又撺掇蒋木送雯秀回家，科研工作给他俩分到一组去完成，等等。两个人也没有辜负大家的努力，渐生好感。

一次蒋木和同事们去农场干活，收了些蔬菜回来大家一起分，当天雯秀正好不在单位，同事们便让蒋木去雯秀家送茄子。蒋木敲响雯秀的家门，开门的是雯秀的母亲。蒋木说明来意，雯秀的母亲便热情地把这位长得精神的小伙子迎进家门，叫出雯秀，陪着两人聊天。母亲虽然读书不多，一直在家相夫教子，但眼光敏锐得很。开朗的女儿没有平时那么健谈，显得羞涩又温柔，体贴地为这位小伙子添茶倒水、切水果，小伙子更是时不时偷偷看着雯秀。雯秀的母亲便打问蒋木的基本情况，得知他是留苏的，现在在大学里执教，还准备继续留学攻读研究生学位，且还未有对象，心中一喜。母亲选女婿别无要求，就是重学历，因为她崇拜读书人，认为读书人有文化、有涵养，定会疼自己的女儿的。

此后母亲就时常在女儿耳边吹吹风，说好话，找个机会就叫蒋木来家里喝茶吃饭。一来二去，两人便谈起了恋爱。每周末学校的舞会两人开始成双入对地出现，雯秀穿着当时兴的布拉吉，蒋木穿着笔挺的列宁装，两人成了舞场里的鸳鸯花。那时正是“三年自然灾害”时期。雯秀家在北京，周末回家母亲总会做些好吃的给女儿改善伙食。可家远在上海的蒋木，却没有这样的条件。上海人喜欢吃甜食，只要是遇到有卖糖果的，蒋木就要上前去买上很多。那时糖果是很珍贵的东西，要五块钱一斤。雯秀看到他这副贪嘴的样子，倒也觉得他十分可爱。而蒋木总把自己的副食本、布票、工业券等给雯秀家，说自己一个人在北京不开伙，定额也用不了。这点大气，更讨好了雯秀的母亲。雯秀的父亲是知识分子，当然支持女儿自由恋爱了。就这样，两人简简单单地恋爱着，彼此牵挂，互相照顾，感情随着时间而积累。

然而两个人的生活却没有这么一直简单下去。1961 年，高教部一道命令下来，和雯秀一样的所有预备老师要重新回到教室学习，她离开了她热爱的讲台。1961 年，本该是蒋木重返欧洲大陆的时候，由于苏联领导人更替，苏共改换政治主张，中苏关系恶化，他丧失了这次留学深造的机会。1962 年夏，蒋木要求分配工作，被调到农机研究院工作。尽管生活充满了未知和变化，但两人的感情却依然如初。1963 年 1 月，两人在同事们的操办下，在单位领导的证婚下，在毛主席画像下，相互鞠躬，成为了一对革命夫妻。单位给他们分了“一间房子十几条腿”。婚后，雯秀继续完成学业，于 1963 年年底毕业，也分配到中国农机研究院工作。第二年，他们的第一个孩子出生，是个胖小子。

“那时结婚根本就不看重经济条件，不像现在这样世故。当时只要对方不是留美的学生（美国是美帝国主义），不是右派，家里不是地主，两个人相处感觉还可以，就结婚了；很纯粹，主要是看两个人在一起的感受。”雯秀这样解释她和蒋木这段在现在看来颇有些门不当户不对的结合。更难以置信的是雯秀结婚之后才知道他家是偏远的小镇上的。“结婚之后我上他老家去，去他五弟家吃饭。南方人吃饭都是小碟子小碗的，不像北方人家都是大海碗。在那里吃的又很简单，都是些青菜，唯一有点油水的就是一小碟肉松，就那么小一口。”雯秀边说边用双手比画。“这肉松也可能是家里来客人才上的菜呢。吃饭时五弟的孩子馋得眼睛一直盯着肉松碟子，刚要伸筷子过去夹，五弟的媳妇就拿筷子打孩子的手，伸一次打一次，用上海话跟孩子说那肉松是给客人吃的。这架势，那你说我哪儿好意思吃呀。这就是他们家的情况。”

婆媳风波——人与人之间是那么不同

两人婚后的生活开始步入短暂的平静之中。由于蒋木经常在外出差，一去就是大半年，雯秀工作偶尔也需要出差，所以他们把蒋木的母亲接到北京来照顾孩子。蒋木的母亲是上海农村人，本来南北方人生活习俗就有差异，又加上母亲过惯了苦日子，舍不得吃舍不得穿，到了北京以后就和自小家庭条件就比较优越的雯秀的生活习惯有很大冲突。婆婆做饭不舍得用料，炒一个青椒就算一道菜，而且所有的菜量都是一小碟的量。主食都是稀饭。每次一家人一起吃饭时，看着菜少大家谁都不好意思多吃，本来就少的菜最后还得剩下一点。婆婆还以为自己菜做多了，下次反而做得更少了，媳妇也不好说话，每顿饭都吃不饱。给孩子做尿裤子婆婆也不舍得用好布，看着自己的孩子用烂布条，雯秀很心疼却也没办法。一次雯秀出差回家，快到家门口的时候被邻居拉到一旁，说雯秀的儿子走路总是踮着脚。这都是因为婆婆要做饭、收拾屋子干活，还有午休的习惯，不能老抱着孩子，只能老把孩子放在学行车上，孩子脚尖在地上面一滑就走了，久而久之孩子就养成走路踮脚的习惯。雯秀回到家，看到孩子走路的样子，心里一阵酸楚。媳妇对婆婆的不满只能藏于心中，没流露出来。

后来雯秀开始能够理解婆婆，六十多岁的老人一个人照顾孩子，都是没办法啊。至于生活习惯，那是南北差异和背景差异造成的。北方人豪放不拘小节，南方人生活细致，能省就省。自己的亲孙子婆婆怎么会不疼，只是习惯了勒紧裤腰带的生活。婆媳的关系因此有了缓和。

干校生活——看不到的未来

1967 年两人的第二个孩子出生，是个女儿。但随后蒋木和雯秀被下放到湖南常德县五七干校，开始了三年艰苦的干校生活，儿子被送到姥姥家，女儿被送到上海奶奶家那里。蒋木是稻田班的连长和指导员，雯秀则负责种菜。那里的条件不只是艰苦，甚至健康也受到了威胁。常德县是血吸虫病多发地区，再加上井水水质不好，许多同事患上了严重的肝炎，有的同事甚至因病去世。蒋木带头和几位同事研究对付血吸虫的方法，找来杀虫药，带领大家向地里喷洒，并研制井水净化的方法。如果说这还只是肉体上的折磨，那么接下来的精神上的摧残就更加残酷。容忍别人对自己的侮辱和否定，更加信仰事实与真理，一旦这些他们的信仰消失，那便像取走了他们的精神支柱，他们的世界轰然崩塌，生存也就变得没有了意义。因而在运动中牺牲的大多是那些最正直、最有理想的人，是对国家最忠心、最有价值的人。那时，生存的法则就是要听话，甘做任人摆布的棋子。

最可怕的事还是来了，“文化大革命”也波及了雯秀的父亲。曾经的留日经历成为了他被指为走资派的把柄。父亲在北京受罪的消息传到了远在湖南的雯秀的耳朵里，作为女儿心里不好受，却又爱莫能助，独自一人的时候不知抹了多少眼泪。

相比这些，农场的生活显得简单而又单调。这些北京远道而来的知识分子成了当地农民眼中奇怪的人。这些知识分子看着像叫花子，破衣烂衫，出门却一个个都戴着高级手表，花钱也极为大方。其实，穿得破是因为他们下农田干活都不舍得穿自己的好衣服，都拣自己平时不穿的破衣服，脏了破了也不心疼。而且，在偏远的地方，没有东西买，碰到有卖东西的就赶紧凑上去，有东西能买上，自然也就不在乎贵不贵了。后来，农场种的粮食和蔬菜开始有了好收成，大家的日子也就好过一些了。

在这种单调的围着土地团团转的生活中，人们变得无所寄托。这些受过高等教育的知识分子谁也不知道要在这面朝黄土背朝天的乡下还要待多久。像雯秀和蒋木这样两口子在一起双双下乡的，身边有亲人在，日子还算是好过的，精神上和生活上彼此还可以互相支持。而那些单身的男女，在这种看不到希望的日子里越发空虚寂寞，青春就在每日的鸡鸣而起、日落而息的乏味中悄悄流逝。于是农场中开始出现了不良的男女关系。起初事情败露了，人们还要惊奇一番，议论纷纷，后来人们在见怪不怪中明白了空虚的可怕。人性是有各种各样的欲望的，当这些欲望不能得到适当的发泄时，便会以一种扭曲的形式呈现在人们眼前。而悲剧的时代就是这样造就一个个悲剧的个体的。

三年的干校生活进入尾声，各地开始让这些知识分子重新回到工作岗位。1971 年便是两人的生活中充满担忧的一年。年底，湖南大学率先来到干校挑人到湖大教书，两人被选中，这就意味着两人无法回到北京。家永远是不变的呼唤，两人担忧着老人和孩子怎么安置和照顾，夜深人静时常常不能入眠，心儿早已飞到亲人身边。

两人准备出发，此时内心有万千的不愿，也只能踏上背离家乡的道路。也许是上天怜惜这些历经动荡的人儿吧，就在这要走还没走的时候，农机院一道指示传达下来，所有留学归来的和工程师以上级别的人全部留下回原单位。这就像是拨开阴霾的一缕阳光。蒋木拉起雯秀的手，两个人笑开了花儿。这么多年来，他们见过了太多的悲伤、太多的放弃、太多的生离死别，也开始学会适应这个社会，褪去年少的痴念和虚无的理想。他们不敢有太高的期待，因为他们看不到未来。那时的他们或许想不到，他们的人生就这样走出了颠簸，开始走向真正的平静。

回京生活——感谢我们一路相伴

回京之后，两人回到原单位。单位给他们分了两居室的单元楼房，儿子从姥姥家接回，已是个淘气的小小子，叼个铁棍学姥姥抽烟，结果把门牙扳掉了，豁着牙还乐呵呵的。女儿从上海奶奶家接回，满嘴都是听不懂的上海话。一家人终于在一起了。两个人也都无怨无悔了，一直勤勤恳恳，任劳任怨，听从组织安排，踏踏实实地工作，于90年代初陆续退休。蒋木发挥余热，经朋友介绍到苏联为边境贸易做翻译，雯秀借此机会陪着他重游曾经读书的地方。相比自己的祖国，这里的一切似乎不曾改变。莫斯科红场上的鸽子，仍在信步逍遥；波罗的海的清风，依然轻柔。两位六旬的老人，手牵着手，在这个宁静的国度，忆起曾经沧海，只觉经历时万般跌宕，追忆时却无比平静。再大的风浪，两个人都能一起面对，从未有过山盟海誓，但却有这样的默契，厮守终生。

1998年，两人从俄罗斯回到北京，开始平静的退休生活。自那时，雯秀进入老年大学学起了中国传统手工艺品制作，她的作品设计新颖、制作精美，屡屡获奖，订单也是纷至沓来。雯秀忙于制作，也就不管家务。蒋木虽嘴上埋怨，却自觉地承担了所有的家务，学着电视里报纸上教的制作各种小吃的方法，在家摸索厨艺，柴米油盐，心甘情愿地伺候着老伴儿。两人自小的生活背景，决定了两人生活态度和方式的不同。雯秀从小爱美，流行什么，她就穿什么，漆皮面的羽绒服，艳丽的羊绒围巾，镶嵌中国元素的图案的牛仔裤。有时间雯秀就去爬香山，每周还游泳健身。雯秀手上持着三星智能手机，还开了博客，时常与网友们互动。

蒋木却依然是上海男人的特性，细腻体贴、讲究实惠，承担家务，以顾全大局为风度。蒋木好面子，出门总是穿戴整洁，讲体面，在家却身着儿子穿剩的衣服。女儿给买的衣服通通压在箱底留着却不穿，一双袜子满是补丁却还不愿丢弃，继续穿着。他的床头总放着邓小平语录，党的会议文献和俄语字典，时常翻看。

如今，两位老人享受着承欢膝下的天伦之乐。儿女都成家立业，结婚生子，生活美满幸福。相濡以沫走到了2013年1月22日这个值得纪念的日子，两个人在不知不觉中一起走过了50年。他们的个性一直都没有变过，只不过50年的耳鬓厮磨已经让他们完全理解对方，包容了对方。

爱情不是一见钟情的火花，让人浑身战栗；爱情是看到了一个人的全部，依然无怨无悔相依相伴。死生契阔，与子相悦；执子之手，与子偕老。

爱，是一生的相伴。

我爱你，已有半个世纪

毕玥

“哪有什么首饰啊，他这辈子就给我买过一个戒指，还是50多岁得了病，怕熬不过去，留给我当心意的。”当笔者问起他们的定情首饰，章素玉笑着指指静坐在一旁的方乾这样说道。阳光透过博古架上的绿萝洒进来，漫过小花池，斑斑驳驳地映在墙上，有掩不住的绿意，也有掩不住的沧桑。这一室的温馨，仿佛能将我们带回60年前那个年轻的大学校园……

恰同学少年，风华正茂

“当时哪里敢谈恋爱呢！学校的校规上明文写着不允许在校学生恋爱，而且大家基本上也没有那方面的心思，好不容易考上大学，都老老实实刻苦读书。每天早自修和晚自修都不需要老师监督，平时图书馆、教室或者校园随便哪个长椅上，都有在看书的人。我们学校以前是军校，专门培养军医。1958年我本科入学的时候，是它被改成普通全日制大学的第一年，开始面向社会，我们就是第一届本科学生。我们和它一样年轻，一样对未来充满了憧憬，学习动力很足。”方乾这样说起他的大学时光。

然而，章素玉打断道：“也不是没有谈恋爱的啊，不然我怎么会认识你?”她继续说着：“我是护士班的学生，都是女孩子，班上自然没有谈恋爱的同学。可他们医学基础班呐，‘地下恋情’还很热闹呢!”

方乾略有不好意思地笑了，说道：“学校规定不允许在校生谈恋爱，大家只好偷偷为之。当时我们宿舍的一个男生和她们宿舍的一个女孩子在‘谈恋爱’，其实也仅仅是比较经常在一起而已。吃饭、上课和自习，两个人比较合得来，又带有那么一点对异性的好感，就算是恋爱了。一起出去逛街、看电影都要躲着同学和老师，牵手拥抱更是奢侈，这恐怕是当时大学生们恋爱的普遍心态。他们两个人不能总是光明正大地单独相处，那样就太明显了，如果被班主任发现，学校的处分是很严厉的，曾经有同学就因为谈恋爱而被开除。所以为了‘掩人耳目’，他们经常会拉上一些自己的朋友同行。我和素玉是被他们拉去一起吃饭、学习最多的，就也熟悉起来。这样的开始算不算‘朋友介绍’?”方乾打趣。

章素玉说：“我当时什么都不知道，单纯得很，好朋友叫我一起走，就和他们一起去了，从来没往别的地方想过。她在和方乾舍友恋爱的事情是很久之后我才知道的，闹了大红脸。”

“既然是这样无心的开始，那后来是怎么发展成‘郎有情妾有意’呢?”笔者好奇地问道。这下子，两位老人都变得不再健谈起来，甚至有些少时的羞涩。过了一会儿，似是从回忆中返回当下，章素玉慢慢说道：“当时学校里的成绩是五分制，三分及格，能得五分的人很少很少。虽然我不和他一个班级，但是他有好几门课程都是五分。那时候期末考试被安排在下一个学期的开学，是为了督促大家假期也要巩固知识。他家就在长春市，而我家在四平。好像是有一个假期的时候，我问他借书，那是第一次两个人单独说话。”

听到这里，方乾微微一笑：“我至多是比较用功罢了，成绩在我之上的还有很多同学呢。那次借书的时候什么事情都没有，她就一心把我当师兄请教（方乾的学制比章素玉多两年，故而早两年入学，二人同年毕业）。后来，学校有文艺演出，她经常参加，我记得那时候她梳着黑油油的大辫子，一直垂到腰间。我也不记得自己的目光是什么时候开始喜欢追随她的了。再后来，我发现，她甚至还会打篮球，这让我大大吃惊了一次，也对她的印象更深刻了。”

墙上的阳光随着太阳的移动变得柔和了，还隐约带上一点朦胧不清。笔者追问说：“于是你们也开始了‘地下恋情’吗?”“没有。我只觉得自己对她有些好感罢了，比较喜欢和她接触，可从来没想过谈恋爱的事情。她则是一点‘特殊待遇’都没给过我，我也怕多说什么会让她尴尬。”

章素玉轻轻拍了拍笔者的手，说：“别听他吓唬人，他那是吊你胃口呢。毕业之前，我们就表明过心迹的。”原来，两人的感情在当时的环境里疑似无路，却想不到还有柳暗花明又一村。

“要说因为什么会在一起，还是因为书。”章素玉说起那时的事情，脸上的皱纹仿佛都舒展开来，再不见一点岁月的痕迹，恍若能够窥视到当年的姣好容颜。“他家里条件一般，可是书多。假期向他借过一次课本之后，我经常向他借一些课外书来看。他的书一般都保护得比较好，不过也难免有污损的地方。我最看不得书籍脏破，就经常把残破的地方补了，再包好新的书皮还回去。后来，我还给他绣过遮书架的幔帘，是放假在家，趁着看书的空闲就顺手做了。”

方乾接着说道：“是啊，我刚才不是说她没给我‘特殊待遇’吗？可是这些事情发生之后，我就按捺不住了。我觉得这是她对我也有好感的表现。要知道，人心里的爱情一旦生根发芽，就会迅速成长，等到自己发现的时候，已是情难自禁。她还给我的书，看起来都和新的一样，就算我爱书及人，也该对她倾心了，何况之前我心已经有所萌动。于是我在下一本借给她的书里，夹带了我写给她的信，或者叫作情书？从那时候开始了，只是当时没想到，这个‘地下’的状态持续了那么久。”

美人如花隔云端

毕业后，方乾和章素玉二人一同分配到了位于吉林省四平市的某医院。当时无意中为他们“牵桥搭线”的两个同学却难成眷属，分至两地。不过几年后，在他们自己的努力和取舍下，终于把工作调动到一起，并且喜结连理。“你们的工作在一起，比他们方便多了，应该是毕业之后就走进婚姻的殿堂了吧?”笔者问道。方乾闻言皱眉，说：“没那么容易啊！这段让素玉给你讲。”章婆婆笑着说：“好吧，我来说。都这么多年了，提起那些事情来，你怎么还和我置气呢?”

章素玉娓娓道来:“毕业之后，结婚的条件确实比较成熟。我们不仅在一个医院，还在一个科里，他是3病房的大夫，我在5病房当护士，都在一个楼层。每天我都能在长长的走廊上看见他，但是我们没有公开恋爱关系。我们在医院里见了面甚至连招呼都很少打，装作不认识的样子，匆匆而过。当时一个病房里有几十来号病人，我们每天工作特别忙碌，见面的时间只是下了班，避开同事，他会先送我回家然后他再回职工宿舍。没去过公园约会，也没看过电影。我家就在四平，每天都回家，所以连饭都没在外面和他一起吃过… …”

“只是我那时候觉得自己年龄还小，不好意思公开自己恋爱的事情，也没想过要结婚离开家里，所以就和他‘约法三章’，首先就是不能公开我们的恋爱关系。所以就要在别人面前装作不认识、要按时回家不能出去约会，走路都是一前一后的。”说到这儿，章素玉顿了顿：“你们年轻人听了是不是不太能理解？其实我现在想想也觉得有点想笑，不过当时自己确实不太想一毕业就急匆匆地结婚，甚至是比较抗拒吧。他年龄大，家里面还催过，我依旧坚持了三年才松口。我当时就只是没准备好吧，其实心里是喜欢他的。我们都是倒班制。如果是白天工作，我们就会在傍晚下班的时候稍微拖延一会儿。我收拾办公室，他一般就留在屋子里写病例，然后等要回家的同事走得差不多了，我们再一前一后出去。在大街上也不同行，只是偶尔在某个路口停下来说说话，不过知道他在我的前后左右，在我身边，还是挺满足的。夜班的时候，我是女孩子嘛，会赶着天没黑的时候早早去办公室等着上班，他就也提前过去，和我在医院后面的林子里走走。”章素玉这样回忆起事情的时候，脸上又浮出了令人动容的微笑。屋子里静默了下来，所有人都沉浸在对那个年代的怀念里。

章素玉继续说：“后来工作一阵子了，因为别人不知道我已经在谈恋爱的事情，家里就有亲戚朋友给我介绍对象。有一个相亲对象是当时我们市某局长的儿子。想要撮合我们俩的那个阿姨总是来我们家，有一次她带着那个男生来家里。我进屋刚把挎包挂到门口的衣架上，就听我奶奶说他们一起来了，正在客厅里等我回家，吓得我转身就从旁边厨房窗户跳出去溜走了，一直逛到天黑才回家。我妈妈说，傍晚的时候，她告诉阿姨我加班没回家，阿姨不信，从客厅出来看，说衣架上挂着的不是素玉的包吗？妈妈就只好继续帮我圆谎，说是我头一天就在医院上夜班，没带包去，一直放在家里的。后来这件事就作罢了。其他几个相亲对象，我也是连面都没见。可是我这边不停地有人介绍，又迟迟不同意和他结婚，他就着急了，怕是我不知什么时候就反悔，看见有别的中意的男生就会和他分手。所以有一阵子我们经常有些小矛盾。”

“也就是说，你们会吵架？”“不算吵架吧，闹别扭的时候就不理对方，不过一两天冷静下来也就好了。虽然当时我们连牵手都很少，但是基本两个人心里都已经认定对方是自己的终身伴侣，就算不高兴也不会轻易闹僵。”

“接下来呢？是什么契机让您下定决心要嫁了？”“倒也没什么特殊的事情发生吧。首先就是他们家里催得紧了。我们告诉家里我们的恋爱关系之后，长辈就比较着急，毕竟工作都三年了。我们结婚的时候他30岁，算是很晚的。其他的事情，如果非说起来，大概是有一次他来我家里吃晚饭。之前他已经来过我家几次了。那天他要走的时候，忽然下起了瓢泼大雨，一直没有要停的意思。他骑着车子，没带雨衣，我家里只有雨伞，出去肯定要被淋成落汤鸡。家里人就说让他留下来过夜，他一下子就脸红了，腾地站起来坚持要走，怎么劝也留不住。最后是我奶奶说：‘小伙子怕什么，这一大家子人，她哥哥爸爸都在，还能让人说你什么不是吗？就留下来住吧，淋这么大一场雨怕要生病了。’他这才住下来。后来过了很久，我问他这件事情，他说那天在沙发上，他一夜没睡。”

奏得一曲凤求凰

笔者听到这里，不由莞尔一笑：“既然你们这么相爱，那您结婚的时候，真的什么都没置办吗？”章素玉回答说：“可不是吗，什么‘三大件’‘四大件’都没有，首饰也只是我妈妈给我的添妆。我俩就收拾了一下各自的东西搬到一起住了。”方乾这时反驳说：“那不是有两大箱东西吗，也不是什么都没有的。”章素玉仿佛气结而笑：“是是是，你抬了两大箱东西过去，还不都是铺盖？不过箱子倒真是很好的，咱爸的手艺没得说。”

“那雕花箱子是他爸爸亲手做的。他爸爸做得一手好工艺，是颇有名气的木匠。我爸爸也有一身的手艺，不过是皮匠，在厂子里能把毛皮毯子用种种技巧绣出活灵活现的图案来，还写得龙飞凤舞的毛笔字，过年的时候家家都带着红纸来我家里要对联。”章素玉回忆起那时的生活，脸上微笑着："我们也没有什么蜜月旅行的，只有几天婚假，到各处拜访亲友，然后上班的时候给大家分发了一点喜糖。后来日子就开始了，平时努力工作，周末回父母家里团聚一下。真是岁月催人老啊，当时觉得自己的生活才刚开始，现在已经是这么多年都过去了。那段时光恐怕是我印象里最安稳最满足的时候。"

章婆婆顿了顿，继续说道："婚后的生活平平淡淡，第二年我们有了第一个儿子，过了不久就开始'文革'了。我们带着孩子被分配到内蒙古，属于'支边'。其实是内蒙古这边医院的领导去四平交流学习，比较欣赏老方，申请把我们调过去的。没想到这一待就是大半辈子。"

"'文革'对你们影响大吗?""不算大吧。我们来到这边的医院里，还在神经科工作，住在单位分配的小院里，一溜儿全是平瓦房。我们学着旁边的同事家里，自己种种小葱，养几只鸡。因为年轻，又是新来的，基本没参与单位里的各种'势力斗争'，我们也不想参与，就好好工作。单位通知开会了，我们就去参加，回来还是做我们要做的事情。我天天上班、做饭、照顾孩子还忙不过来，哪有时间理会那些?！我俩一个月的工资一共 88 元，给他家里寄 20 元，剩下的钱和粮票都要精打细算。我们和当时所有人一样，努力生活。"

"后来呢?""后来啊，'文革'结束了，有两次调回吉林的机会，可是这边一直不同意我们回去，领导比较欣赏他的能力吧。另外家室也安在这里了，我们两个在一起就好，于是一直在这里生活，继续养育儿女，认真工作。"章素玉半抬起脸，似是在回忆那一段漫长的时光："后来我们又有两个儿子。也曾两地分居过，我带着一个孩子去吉林进修，他领着一个在家，另外一个送到我妈妈那里。说不辛苦是假的，柴米油盐，家长里短，不过现在都想不真切了，谁能记得那么多年每天每日的生活呢？只觉得爱情变成了亲情，变成了遥远的事情，变成一个我也说不清是什么的东西。”

“还往下讲吗?”章素玉问道。“讲啊！我们要一直讲到今天呢。”笔者兴味盎然，递上一杯茶:“您歇一下，润润嗓子再和我说。您再仔细想想，方爷爷和您说过最好听的甜言蜜语是什么样子的？为您做的最浪漫的事情呢?”

“故事快要结束了，我来给你说说吧。”见章素玉在喝茶，方乾接过话，“浪漫的事情我不会啊，一辈子也没学来。就像是你问过的首饰，我也确实没给素玉买过什么。1995 年或者 1996 年吧，我得了一场大病，她急得不行，忙前忙后。后来终于出院了，我就去给她买了一个戒指。当时也说不好是什么心情，也许就是忽然想要表达一下那么多年还没有磨灭的爱情，尽管我之前从来没有好好表达过。”章素玉听到这里忍不住笑了，笑得很开怀。

阳光已然变作夕阳余晖，夜来香也已经含苞待放。在晚霞的映照下，三角梅的花瓣更美。方爷爷说，那就像素玉年轻时候的样子。

留一份坚守，在峥嵘时光中

张宏亮　章乐乐　王天翼

我一直在想，爱情的伟大之处，就在于两个人能彼此相伴走过最艰难的时光，不离不弃，生死相依。坚守是亘古至今爱情不变的真谛，无论时代新旧，无关结发与谁。六十年风雨携程，横跨新中国建国时一起抗争、奋斗的年岁，也经历了大跃进的失智与狂热；甚至在“文化大革命中”，妻子被打成“左派”，饱受非议，丈夫更是每天承受巨大的精神压力，夜不能寐。但这些都抵不过时光滚滚向前的辙迹。那个时代没有玫瑰香槟，没有物质形式的 Romantic，两个人厮守相依，就是最可人的温暖。

我们到杨丽苑老人家时是下午。杨老今年 80 多了，身体却还十分硬朗，精神也健旺，2013 年就是她跟先生赵书瑞的钻石婚了。聊起这 60 年来的风风雨雨，说到高兴处，杨老捂着嘴笑，神色里满是温情。我们都不禁感叹，那些年少的海誓山盟甜言蜜语，通通比不过默默无言与你牵手共度一生的深沉隽永。

婚姻被特权“绑架”的时代

16 岁是每个女孩的花季，是渴望也最缺乏安全感的年龄。这无关乎时代，只是年值及笄女孩的小心思。然而在正确的时光里，杨丽苑却撞到了错误的人。

新中国成立初期，婚姻是很敏感的问题。尽管当时杨丽苑的年龄并不大，但也明白每年过“三八”妇女节，那些不经组织批准随便谈恋爱的青年干部都是要被批判的。在杨丽苑的心里，非婚姻动机的自由恋爱，都属于不正当的一类，跟咱们现在常说的“不以结婚为目的的谈恋爱就是耍流氓”如出一辙。于是，当时一般女孩在这个问题上遇到了两难选择：听组织的话嫁的人，不容易满意；自由恋爱好上的人，又因为没有资格结婚，而属于不正当行为。杨丽苑当时虽然年纪小，对这些似懂非懂，但也听到不少这类故事。随着年龄的增长和和平环境的到来，这种事情终于也临到杨丽苑头上了。这对一个没有任何社会关系的孤身女孩来说，是一个生死攸关的天大难关。但是，在那种环境中，有谁能保护她们呢？有的女孩还不到十六岁就被霸占了。她们没有少女的欢乐，没有自己的意愿，没有纯真的友谊和爱情，在两性关系中，只是一具女性躯体，一台繁殖机器。在根据地的那几年，每年“三八”妇女节，总要批判几个“乱搞男女关系”的青年干部，有的青年男女甚至因恋爱问题上吊、服毒自杀。现在看来，这是那个时代特有的悲哀。

那些有结婚资格的领导干部们的婚姻则被精心保护着。领导干部具有结婚特权，而女孩儿们是没有婚姻自由权利的。由于根据地和革命队伍里男女比例严重失调，有些女孩尚未成年就被当作婚姻市场的供给方，内定为某几位领导干部的婚姻对象了。就这样，在女孩儿们还不懂得什么是婚姻、什么是自由的或不自由的婚姻时，事实上的婚姻行为已经发生了。女孩儿们被迫跳过青春年华，直接进入了中年时代，这种悲惨的命运也险些降到杨丽苑头上。

反欺骗、反暴力、抗婚终得自由身

16 岁的杨丽苑遇到了一位有结婚资格的领导干部路功。28 岁的路功，有文化，做过武工队员，称得上年少有为，而且他嘴很巧，迷住不少女孩。1947 年秋杨丽苑刚到公司时，路功是公司经理，被青春靓丽的丽苑吸引，路功几次找杨丽苑谈话，还给她写了很多情书和情诗。当时杨丽苑也还小，不懂事，只觉得很新鲜，一时间有些不知所措。路功滔滔不绝地夸杨丽苑如何聪明、能干、上进心强，表示喜欢杨丽苑而不喜欢别的女孩子，希望将来可以在一起。年轻的少女总容易被甜言蜜语俘获，杨丽苑被路功吹得晕头晕脑，不知如何是好。

在南下中，杨丽苑跟路功并不在一个单位，不属于一个大队。杨丽苑在行军途中很少见路功，偶尔见到时，路功也是在吹嘘自己的传奇英雄故事，还有那些浪漫的恋爱故事。但是路功把杨丽苑夸得比其他女孩都好，说要娶杨丽苑。杨丽苑被路功的花言巧语迷住了，竟默认将同路功订婚。

4 月下旬，他们一行很快到了目的地。路功忽然叫杨丽苑在申请订婚的报告上签字，并要把杨丽苑的年龄改为 19 岁。杨丽苑从没撒过谎，更不愿随便更改年龄，而且，也不愿意正式打报告跟路功订婚，于是犹豫了。这样，报告没有交上去。

到了杭州，两个人开始忙于工作，订婚一事倒先放了下来。1949 年秋，不少南下干部开始准备结婚事宜，不仅南下的女孩们一个个有了主，有的人还开始找本地新参加工作的女同学。这时，路功又开始有些迫不及待地要求与杨丽苑结婚。

然而在新的环境中，杨丽苑开始向往一种新的生活。其实，本来杨丽苑就没有认真思考过跟路功结婚，只是因为路功的甜言蜜语动了心。现在要杨丽苑动真格地谈婚论嫁，说什么杨丽苑都不干。路功很恼火，而杨丽苑也开始讨厌路功了。杨丽苑为此事很苦闷，就把自己的心事写进日记。路功知道后，竟跑到杨丽苑所在的女生宿舍，把杨丽苑的日记本偷走，还在杨丽苑的日记本上胡批乱画，说杨丽苑是“胡写乱抄”，说杨丽苑的理想抱负是小资产阶级幻想，要杨丽苑彻底抛弃她的幻想跟自己过日子。这种做法使杨丽苑对路功更加反感。

10月初，时值中秋佳节，大家一起去西湖游玩。在西湖杨丽苑只跟别人说笑，没理睬路功。路功无法忍受杨丽苑的冷淡，竟当众对杨丽苑破口大骂。这使杨丽苑实在不能容忍，就毫不留情地回击路功，并下定决心甩掉路功。路功认为自己的自尊心受到伤害，一定要报复杨丽苑。第二天，他居然带着手枪闯进女生宿舍，见杨丽苑自己一个人在宿舍里，就把手枪放在桌子上，先跟杨丽苑说好话。杨丽苑不妥协，路功便恼羞成怒，把枪举起来对着杨丽苑大喊：“你如再不答应，我就开枪，咱们同归于尽。”杨丽苑被吓得大哭起来，一边哭一边往楼下跑。路功没有追赶杨丽苑，过了一阵，自己有气无力地走了。杨丽苑在楼下定了神，不仅不再害怕，反而有一种极端厌恶、仇恨的情绪涌上心头。对杨丽苑来讲，吹捧哄骗可能得逞一时，逼迫恐吓绝对无效。

第二天，杨丽苑不跟任何人商量，一个人去商业厅干部处告发路功持枪逼婚。事后，领导找路功谈了话，路功就再没来找过杨丽苑。后来听说，路功被杨丽苑气病了，病得很重。后来，厅里派一位年纪大的女同志劝杨丽苑去看路功，杨丽苑没有接受。再后来，听说路功在杭州一病不起，最后要求返回老家，不几年就病逝了。

“打虎队”的邂逅

1951 年，杨丽苑提着小木箱，来到中国人民大学，在预科班学习。

1952 年初，杨丽苑被调到人民大学校部参加全国的“三反”“五反”运动——“打老虎”。杨丽苑初次遇到赵书瑞，就是在“打虎”队。在这里，他们一起清查楼基建中消耗的设备和建筑材料，点数每一层的灯头。杨丽苑说，“他像一个懂得很多的大人，我很佩服他，把他当作一个可以信赖的人，愿意跟他闲聊。”

1952 年 4 月，“打虎队”的工作结束了。五一节前夕，杨丽苑回到了预科班，赵书瑞也回到了合作系。分别前，杨丽苑随便问赵书瑞在系里做什么工作。赵书瑞回答说：管教务，排课表的。杨丽苑不懂这是什么工作，便不再追问，只是觉得反正不是什么重要工作。杨丽苑觉得赵书瑞似乎没有认真回答她。以当时的直觉，人走茶凉，走了散了，谁也没有打算以后还会有什么联系。

北海中秋的浪漫记忆

暑假后的不久，赵书瑞去找杨丽苑。杨丽苑那时候正好下了课，忽然听到了赵书瑞的喊声：“杨丽苑!”杨丽苑仔细打量了一下赵书瑞，赵书瑞穿着一件黑色厚波兰呢大衣，脖子上围了一条围巾，正笑眯眯地站在路边。杨丽苑不好意思地离开同学们走过去和赵书瑞说话，问他为什么这样大声喊叫。赵书瑞回答说，不这么大声你听得见吗？赵书瑞兴奋地告诉杨丽苑，他姐姐来北京了，约杨丽苑一定抽时间去见见她。而且，赵书瑞还给杨丽苑买来了一块蓝色细毛线头巾和一双蓝底红条细毛线手套。杨丽苑一见就喜欢，但又不好意思收下，就推辞说不要，让他带给他姐姐用。赵书瑞有点不高兴地说："不要就扔了，反正我是不会拿回去的。"杨丽苑看赵书瑞有点生气的样子，不敢说不要，就收下了。赵书瑞没有再说什么，一个人慢慢地走了。杨丽苑很担心，怕以后再也见不到他了。

这样惴惴不安的少女心事，欲语还休，青涩又甜蜜，真让人怀念那些什么都不懂的年纪，那些陪伴我们成长的男孩和女孩。

而越长大，谈论感情越来越多，越来越放得开，各种教你谈恋爱、看懂妹子/汉子心思的文章层出不穷，很多人对待自己的感情已不再那么认真。有些人因为寂寞谈恋爱，有些人因为周围人都谈而谈恋爱。很多人都说已经找不到上学时那种心动的感觉了，甚至有人喊出"爱过，累了"。还有一些男生，全面撒网，以"宁可错杀一千，决不放过一个"的气势，孜孜不倦地追求众多女生，一个被拒迅速转向下一个，坚决果断，毫不留恋。这样的男生，难道是跟谁打赌输了不得不"追遍能见到的女生"?

回到我们的故事。两人分别之后，杨丽苑有一段时间都没有再见到赵书瑞，似乎这段感情就要无疾而终。幸好两人都喜欢跳舞，在中秋节后的一个星期天晚上，铁狮子胡同的舞会上，杨丽苑和赵书瑞又相遇了。赵书瑞此时只约杨丽苑跳舞，配合得很好。各怀心事的两人，在跳到第一场下半场时，都感到实在没心再跳了，却不知如何继续。最后还是赵书瑞先说："不跳了，咱们去北海玩玩吧!"他们先到了赵书瑞的住处，赵书瑞带上一架日本旧手风琴，穿上一件灰色小呢服，又带了些月饼水果，领着杨丽苑进了北海后门，说要给杨丽苑补过中秋节。杨丽苑愉快地接受了赵书瑞的安排，毫不犹豫地跟着赵书瑞走。

在北海公园，他们找到一棵长在小土坡上的树下，把月饼水果摆在地上，一边吃东西一边拉琴唱歌。过了一会儿，赵书瑞不想拉琴了，杨丽苑也不想唱下去了。在月光下，他们低着头相对无言。最后两个人都忍不住了，相互扑在对方怀里。他们谁也不再说什么，收拾了东西，手牵手默默地走出了北海后门。这时，天已经很晚。他们没有手表，也不知道几点钟，只觉得天有点凉了。赵书瑞把那件灰色的小呢衣披在杨丽苑身上，送她回学校。

就这样，他们相爱了。

没有利弊计较，没有患得患失。

杨丽苑一直念念不忘的是，"他当时不是党员，我是党员。"

但是他让她感到踏实安心。杨丽苑说道，那时的年轻人对个人感情其实不太看重，心思也单纯，觉得这人好，就跟他一辈子。虽是这么说，提到赵书瑞，杨丽苑脸上还是有遮掩不住的淡淡笑意。

也许这就是真正的感情，是知道你就在我身边，一直都在，不会走。两个人要能长相守，需要的应该是这样的安心。不是你走我不送，你来风大雨大我也去接你，而是你在哪里，我就在哪里，风大雨大也不怕，两个人在一起就是家。

2003 年的金婚纪念日，两位老人重游了北海。50 年后故地重游，景色都已不同，人也不是当年的模样，只有感情，剥离了一切外在，愈发明亮耀眼。

虽然清苦，婚姻却真实地开始了

1953 年的暑假，赵书瑞所在的合作系的工会组织几个教员集体结婚，工会主席动员赵书瑞和杨丽苑也参加。赵书瑞很积极，杨丽苑没有表示反对，也就算同意了。那时的结婚非常简单，几乎不用做什么准备。赵书瑞此时已是党员，又由教务干事转成了教员，每月有 70 元工资。这样，结婚的主客观条件基本具备了。赵书瑞给了杨丽苑 30 块钱，他的姐姐陪着杨丽苑去王府井百货公司买了一对浅绿色的桃花枕头和一个玻璃花瓶。杨丽苑的同学送她一个纯白色大床单。8 月 6 日，他们参加了合作系教师的集体结婚典礼，完成了“终身大事”。

用现在的话来说，他们还是“裸婚”呢。

也许是那时人心单纯，也没有外界太多的诱惑，那时的青年心里想着的都是国家大事，对自己的情感要求不高。而现今，也许是我们选择太多，也许是外面的世界太绚丽，也许是整个社会的风气使然，那样纯纯的爱恋经常被各种物质等外界因素混杂得变了颜色。

在现在的社会，不考虑物质条件的感情想有结果，实在太难，谁能不吃饭，谁能不想前程。看起来甜蜜满满，一点现实的小事就能全部抹杀。认真地一起规划未来的人生，给身边人在你的未来里留一个位子，才算是认真的感情，也才能长久。

婚后第一年，也就是 1954 年，杨丽苑怀孕了，他们一起住在赵书瑞的宿舍里。晚上赵书瑞去诗社朗诵现代诗，回来会背给杨丽苑听。而且，赵书瑞的手风琴也拉得熟练了。有的歌，赵书瑞一边拉，杨丽苑能够一边跟着唱。但是，随着产期临近，杨丽苑还是很不安，主要是因为小孩子出生应有的准备一点也没有着落。赵书瑞安慰说：“没有关系，有我姐姐呢！”可是，杨丽苑还是心里很乱、很怕，对一无所有的这个“家”很是担心。

终于，孩子在一家医院顺利降生了。杨丽苑为自己第一次做母亲激动不已。赵书瑞则一整夜都等候在医院的产房外，直至清早听到儿子的哭声才肯离去。下午，赵书瑞又来到医院，但不能进妇产科病房。赵书瑞只好留下一封信，感谢杨丽苑为他生了儿子，还说为了杨丽苑和儿子他会努力做好一切，真正负起一个丈夫和父亲的责任。虽然赵书瑞的信很短，但却让杨丽苑深受感动。杨丽苑深信：“我们虽然一无所有，只要有了儿子，就将会有一切。”

在医院里住了一个星期，该出院回家了。但是，他们的家在哪里呢？马上就开学了，杨丽苑不可能再住赵书瑞的宿舍，只能住西郊。赵书瑞在西郊的一排小平房暂借了一间十几平方米的小房给杨丽苑带孩子用。

这样艰苦的条件，在我们看来，简直是无法忍受，但是杨丽苑和赵书瑞的漫长厮守，就从这间十几平方米的小屋开始。

峥嵘岁月里，信任最重要

三年自然灾害时，赵书瑞当掉了自己的金戒指买米面来补贴他和杨丽苑的生活。后来的“文革”中，杨丽苑备受迫害，赵书瑞也受到很大冲击，但二人不离不弃。他们不仅仅在生活上相濡以沫、工作中相互支持，更是在精神上相互依赖，携手面对欢乐与痛苦。在60年的婚姻生活中，俩人也有过争吵。“但是我们从不为金钱争吵，我比较注重精神的东西。”杨丽苑说，“我也从来不羡慕别人，从不跟别人比。”“她比较纯，比较重感情。”赵书瑞老人接过话茬，言语之中透露着幸福。

这就是相知相守的温馨吧。铅华洗尽的感情，是当所有的歌谣失去颜色和声音，所有的诗行和语言写到了尽头，所有的欢笑和泪水都一同尝尽，所有的星星都暗淡凋零，你还在这里，我也在这里，呦，真巧，就这么同你过了一生。

如今，已走过风雨六十载的赵书瑞、杨丽苑夫妇均已八十多岁，享受着四世同堂的幸福。就在前不久，这对甜蜜的夫妇在海南举办了“钻石婚”结婚纪念日。

在谈到对当今闪婚、闪离的现象时，两位老人都发表了自己的看法。“恋爱与婚姻不一样，恋爱是靠激情，但是结婚以后爱情就会被转变成亲情，且比重越来越大，亲情在家庭生活中所起的作用也越来越大。”赵书瑞老人说，“每个时代都有每个时代的特点，没有什么绝对好的事情。凡事不要强加于人，不要瞎折腾。”“要珍惜家庭、珍惜婚姻、珍惜子女、珍惜你的另一半。要相信家里的每一个成员都能够调整自己，不要一不合适就训斥。”杨丽苑老人也为年轻一代上了一课。

小学的时候你偷偷喜欢邻座的女生，每天都要故意惹她，经常把她弄哭，被老师骂的时候偷偷瞄着她咬着嘴唇抽泣的样子什么都没听进去。初中的时候装成熟，写一些残酷的青春的句子，装作不经意落在桌上让她看见，跟你回一些也许她也不知所云的句子，却不曾正眼瞧过对方说上句话。高中的时候你放学送她回家，假装不在意地牵她的手，回家晚了妈妈念叨就随便搪塞几句，作业写着写着也笑出来。大学了，终于能光明正大地谈恋爱，女朋友宝贝得跟什么似的最后还是分手了，跟哥们出去喝了两天酒回来继续吃饭、睡觉、玩游戏，渐渐就觉得都一个样，牵个手，亲亲抱抱，一起吃饭看电影；吹了再找下一个，反正相亲也能找对象，没准还能遇上个《非诚勿扰》里舒淇演的那样的姑娘，却不想想不是人人都是秦奋，生活也不像冯导。

小学的时候你特别讨厌邻座的男生，整天欺负你弄哭你，老师骂他的时候他还一脸不在乎眼角瞄着你哭花的脸坏笑。初中的时候你被那个一脸落寞会写残酷的青春的句子的少年迷住，悄悄写一些你看来的凄美忧伤的语句，趁着没人塞进他的桌子，路过时却从不打招呼，别别扭扭觉得脸都红了回头自己偷偷照镜子。高中的时候那个送你回家的男生，走在你靠后的地方，你不说话，低头走路踩在他长长的影子上，过马路的时候他在身后牵起你的手，然后就一直没放开；你到了家还是心里乱乱的，吃饭都不会拿筷子了，那只手一直微微发烫好像在说着什么。大学了，终于离开父母，终于好像真的长大了，谈了一个男朋友，疼你、宠你，恨不得把月亮都摘下来给你；你也觉得他温柔、体贴、高大又帅气，全世界的男孩都没有你身边的这个好；最后还是分手了，好几个月都见不得与他相关的东西；闺密拉你去逛街、去玩、去吃东西，回来慢慢恢复，继续上课睡觉吃饭逛街。渐渐觉得你好像也不是离开了他就不能过，也不是全世界非他莫属，好男人一抓一大把再不赶紧下手又一波师妹要来了。

不知从什么时候开始，曾经期待过想象过，也许还品尝过的美好感情变得不再如蜜糖，开始对待感情的态度也不再视如珍宝，而是随地可拾。

也许这两位老人的故事，能让我们体味一下醇厚的感情滋味。

无论前方坎坷几多，我愿与你携手走过。

花落之下，犹有人歌

戴茹茹　唐木

革命时代的红色少年

年少时，我们总是在想，究竟什么是恋爱，什么是婚姻，而恋爱和婚姻又有什么样的联系。随着年龄的增长，我们渐渐懂得，我们从孩童时代的懵懂期待，随着时光的流逝，开始寻求我们幻想和希望的精神安慰和寄托，但直到开始考虑结婚的时候，我们也不会将爱情和面包分离开。我们有时总会感慨自己无法顾及一些社会观念、年龄压力等的情况而去选择结婚，即使我们深知真正的爱情是超越种族、门第等诸多条件的限制，只是凭着这份感情最后走到了一起，不离不弃。

不过这毕竟只是部分都市人的想法，这种爱情建立下的爱情观有时候太容易崩塌。婚姻成为了一次人生博弈，多少人抱着“一着不慎，满盘皆输”的心理，瞻前顾后，再三挑选，竟然硬生生地让“执子之手，与子偕老”这样浪漫而幸福的事变成了精挑细选的购买，物质成为了首要考虑的因素，感情反倒屈居其次。

然而，身边的校园却是终究与社会不同的。就如校园，尤其是大学，即使作为社会的一部分，不可能完全超然世外，成为一个不受污染的

“世外桃源”，但也绝对是一个很特殊的部分。我相信，也深切体会到，大学里的恋爱和社会上的恋爱是不同的，或许也隐藏着“背景、门第、经济水平”的影子，也许在脱离大学之外，它就将锋利的爪子和锐利的牙齿暴露出来，将一段刻骨铭心的爱情还原成最简单的桌上谈判，在利益的追求和选择中，还原人生百态的真相。但是也正是在大学里，我们可以看到一些情侣可以为了梦想、为了未来可以更好地走在一起，尝试着一起努力。

在20世纪60年代，远没有现在这样复杂，他们的爱情从相识、相知、相守，一路平淡地走来，没有一波三折的人生故事，也没有所谓的完美结局，但他们的爱情正是从平凡的故事演变出来，最后成为了难忘而又令人动容的故事。

先生便生在这样一个背景的时代。1927年的中国是一个不平静的中国，各地工农红军和农村革命根据地的大规模发展，就是在这样的时代背景下，他出生在浙江温州一个普普通通的家庭中。

在这风云动荡的年代，先生从小就有着不一样的生活。他们家一共有8个兄弟姐妹，作为长子，在那个贫穷的环境下，这很幸运也很不幸。幸运的是他可以在家里面参与决策家庭事务，仿佛手里握有“重权”一般。父母有时会去倾听和采纳他的意见，甚至他成为了这个家庭里下一代的代表人物。不幸的是，他还有7个弟弟妹妹。那个年代和这个年代不一样，他要帮父母一起照顾好这个大家庭，所以这无形给老大的身上压了一副重担，让他从小就要学会懂事，勇于分担。

当然更不幸的是，在先生想离开家、继续学习深造的时候他收到了父亲突然因病去世的消息。这犹如晴天霹雳一样，当他看到母亲的信件时，他已不知所措，潸然泪下。作为家里的“小男人”，他感到自己无力，不知该如何去做。他在回复母亲的信件中除了问候和慰藉，不知道该写什么。但就是这样，上天赐予你一些痛苦，同时也赐予你清醒。他在痛苦中逐渐知道了他应该更加努力地求学，工作赚钱，把每月当家教的钱寄回给家里补贴家用。因为他知道只有他帮母亲养活起自己的弟弟妹妹，才能不让自己母亲的双手多一层厚茧，不让自己的弟妹因为粮食缺失而瘦骨嶙峋，这是他作为大哥心中坚守的责任。尽管那时十八九岁的他已经到了谈婚论嫁的年龄，他仍然没有考虑这个问题，因为他知道这会增加家里的负担，而且他的条件并不好，家里人还没有养活好，他更没有把握能够照顾好自己的妻子和未来的孩子。所以在这点上，他没有准备，也没有去想，只想让自己的家人不再难过。

大学校园的粉色恋情

所以爱情不属于他，因为在他那个本应该属于“粉色”的青春年代，“红色”的时代特征却深深融入了他的生活，成为了他年轻时为之奋斗的主旋律。那时他有着几个“地下党”的哥兄弟儿，算是他的发小。在发生了许多事情后，他深信“只有共产党才能救中国”，所以也加入了这个大团体。他们的校长当时是国民党的成员，但是并不干扰他们的一些“活动”。在度过了这一段特殊的阶段之后，他选择出去读书。有一天，他在报纸上看到了许多大学开始招生的信息，本来想去离家近一点的学校，可当他看到了中国人民大学的招生信息时，他心动了，他发誓要考入人大，完成他的梦想，帮助他的家人。很幸运，他梦想成真。

“我在大学的恋爱”虽然不是大学生活的主旋律，但是不可否认的是，大学却是恋爱里少有的一片净土。《诗经》里“巧笑倩兮，美目盼兮”的伊人仿佛就存在于自己朦胧的梦境里，撑着一把油纸伞，回头莞尔一笑，就轻轻地拨动了心里的那根弦。所谓“窈窕淑女，君子好述”，也不过如此吧。无论是古代还是现代，十几岁的青年们都无法控制自己内心的情愫，敢爱敢恨；哪怕不敢表达对异性的爱，也会把爱放在心里，而不是去拒绝，去躲避。

那时候的大学由于缺少自身现代化的高等教育体系，任何新事物都是舶来品，区别于中国传统教育的淳朴学风。在这样的一个背景下他在人民大学度过了四年的校园时光。在这四年里，他仍然致力于学业，潜心苦读，或许“两耳不闻天下事”未必适用于他，但是“一心只读圣贤书”却绝对是他这四年的写照。他阅读了大量的书籍，不是一个仅靠看书就可以度日的“傻小子”，他还积极参加了许多老师和同学们举办的各项活动和社会实践，统计调研，传承着“以天下为己任”的志向，立志报国。

这样的大学生活里，每天过的日子都大同小异，对恋爱这种“奢侈品”，也不敢有奢望。他一直期待的窈窕淑女，那个能让他一见倾心的意中人也迟迟没有出现。这样，在他四年的大学生活里，他一直在等待属于自己的爱情，他一直相信世间是存在缘分的，并且深信缘分会带给他一份美丽的爱情，与他未来的妻子携手到老。而四年后，先生没有想到他和人民大学的缘分未尽。在他读完本科后，人民大学要创立研究生领域，所以他作为第一批研究生留在了学校继续学习，又是两年的苦读。毕业后，他义无反顾地选择了留在人民大学工作，但是他没有想到的是，在这里他终于遇见她。他也没有想到他和她的恋爱居然在简简单单中发芽和成长，也没有想到他的第一次恋爱就成就了他的婚姻。

因为学校要有调度，他开始工作的时候是留在会计室的，但是因为一些原因，他从会计室被调到了统计室工作。机缘巧合，让他认识了溪蔷，缘分将他们的爱情写入了他的生命。

溪蔷原本在军工厂中学习，机缘巧合调到统计系学习，而先生在那时则是统计系的老师。两人之间的缘分便也从师生关系结下。

“开始也没感觉。”作为一位统计系的老师，经常带着学生们外出做社会调查。当时先生似乎并没有对恋爱婚姻有任何想法。但是缘分仿佛就这样来到。我们总是揣测那时候的爱情是不是就是由组织定下的，刻板而僵硬，但有时候我们也会羡慕。现如今的婚恋是如此的复杂，就如同做着一道综合分析题，但是那个年代却不是如此，像一道简单的搭配题，用一根线将两个人的生活紧紧相连。“是溪蔷追的我，很自然。”先生在谈及此的时候，眼里的光芒仿佛能透过时空，回到他们的那个当年。那时候的大学恋爱，没有蜡烛、没有鲜花、没有观众，少了嘈杂，多了质朴，少了喧闹，多了平静。

在这之后，两个人之间的“互动”也就越发增多，从补课到师生聊天、下棋，两人的关系也逐渐亲密了起来。“从那时候开始，使我第一次尝到了恋爱的滋味。”先生的这一生中，溪蔷扮演了诸多角色，作为先生的学生、棋友、女友、爱人、子女的母亲，携手走过了一段年华。那样的语气里溢满了回忆，那么多年过去了，当年的人早已不再，但是校园还在，那些见证过眼前这位白发老人曾经的青葱岁月的一草一木还在。

恋爱半年后，1959 年 7 月 1 日，两人结婚。结婚后溪蔷毕业，由于她的工作在天津，两人曾分居过一段时间。先生说那时候每个礼拜都会跑到天津去。后来就向组织申请将溪蔷调回北京。第二年，两人便有了第一个女儿。

两人由于组织的安排走到一起，也因为政治立场不同而产生分歧。虽然同处一个学校，但是由于所属派系不同，让两人的夫妻关系略显尴尬。分属两个派别，争论和吵架是在所难免的，对人的看法存在很大的差异。当时由于校内南北双方立场不同，校内发生武斗，先生被赶出家门，住在另一幢学生公寓里。但幸好两人的关系随着学校解体、校内派系的消失而缓和。

在回忆那段恋爱结婚的过程时，先生告诉我们，那时候没有什么过多的娱乐活动，但是每个周末，都会带着小孩一家人去公园、博物馆，享受着家庭的温暖。“她的手艺非常好，”先生的话语里带着自豪，“当时我身上穿的和孩子的衣服都是她做的。”家里的一切事务也都是由她操持着。婚姻生活除了两人的感情、亲情，似乎也应存在着对对方持久的赏识与钦佩。两人之间曾有这样一个约定——“互相对对方负责，要白头偕老。”先生一直信守这个诺言。

寂寞生活的黑白回忆

“白头到老竟成为了奢望”，溪蔷拉扯大几个孩子，退休之后不久，在从老年大学回来的路上，遇到车祸，从此分离。“我现在一直很遗憾这件事情，她走得太突然了。”事后也有很多人为先生张罗，但是他始终没有考虑过。“我觉得，我要实现当初的那个承诺，白头偕老。”有多少的甜言蜜语面对残酷的现实而支离破碎，有多少的誓言在经历生死离别后消逝。但往往是这样平淡的话语——要一起走下去，却包含着坚定的承诺。

如今的老先生仍旧一个人住在校园里，还是经常去当初的那幢楼看看。先生一心从事学术研究，将毕生的精力奉献于学术研究。我们常在想，那是不是也是他的一种寄托？是不是带着遗憾、思念、责任与承诺继续走下去？

“我的故事其实很简单，没有什么浪漫的事情。”

但是，这不就是浪漫么？有多少人渴望这种浪漫。

世界留给我们的也许就是命中注定，谁也无能为力。或许当我们真的牵着伴侣的手看着昔日相伴的那个人最后慢慢合上了双眼，我们要懂得，我们要感谢。这一辈子很不容易，但是我愿意为你守护我心中那朵神圣的花，在我也离去的那刻，我便不会害怕和伤心，我会在另一个世界去找你，因为总有份感情在平淡中生根发芽，成为我们最美的归宿。花落之下，犹有人歌，正如风中摇曳降落的蔷薇花一样，依然会有人在身旁为其歌唱，歌在朴实，歌在感动。

昔我往矣，杨柳依依，今我来思，难忘君迹。

饮一壶旧时光，听朴素的爱轻轻唱

李东辰　张鑫宇

你可曾见过我的成长，那黑暗中永不磨灭的光亮

街上随处是拿着刺刀枪的日本兵，刀尖的寒光让人不寒而栗。一车车的大米被运往前线供养日军；黑黑的、发霉的、掺着沙土的“混合面”前排起一条条长队，这是日本人“配给”的不变的食物。

这个镇子早已被日军所占领，连镇上的一所颇有历史的小学也因为要达到日军的奴化效果，而不得不悬挂起了日本天皇的头像，每一个进校读书的小学生都不得不向日本天皇的头像鞠躬，敏之便是其中的一个。父亲常年在外做生意，母亲是一名小学教师，1935 年的时候，5 岁的她随父母一起来到了齐齐哈尔，之后便在这所满洲国小学读书。

年幼，租房，日本人，这三个词贯穿着敏之的生活。一次次，回家的时候迎接自己的不是父母亲温暖的怀抱，而是周边日本孩子丢来的石头和他们口中那一句句“支那”。但是抬起头擦掉奔跑的汗水、恐惧的泪花，她眼里更多的是愈加坚定的目光：总有一天不会再怕日本人，总有一天会过上更好的生活。

她只记得寂静的晚上，院子里会蓦地响起一句男人粗暴的吼声，紧接

着就是女人哀怨的哭声，和那一声声嘈杂的狗吠声。这时候的敏之会将家里的门轻轻地推开，把一只手放在门把手上，整个脸隐在黑暗里，只留下一双同样漆黑的眸子。

就这样，转眼到了 1940 年，敏之的父亲再也无法忍受这种被日本人严密控制的生活，在一些朋友的帮助下举家来到了北平。

敏之在北平上学，心里都是对于安定生活的渴望。相对于齐齐哈尔，这里日本人的控制强度小了许多，日子似乎有了那么一些奔头。敏之的父亲不久因病客死异乡，家庭的重担全部压在了母亲的肩上。不难想象这个家庭过着一种怎样的生活，母亲靠着一架租来的缝纫机勉强支撑起了这个家，虽然只能吃很简单的饭菜、穿洗得发白打满补丁的上衣，不过母亲的脸上总是挂着笑容。

1942 年，敏之凭借着优异的成绩进入北平第二女子中学。这本是一段很普通的上学经历，但是有一天一位老师突然消失了，敏之后来才知道她是一位地下党员，因为被列入黑名单而被迫离开。这位老师的出现对那时的敏之起到了很大的影响，敏之被老师的身份和她的行为所震动，这是她第一次仔细思考究竟什么才可以成为自己毕生的理想。

你是否知道我的理想，我愿国家富强，百姓安康

1945 年，敏之以优异的成绩考入北京一所重点中学。也就在这一年，日本投降，人们欢欣鼓舞，大家纷纷觉得建设一个独立富强的中国终于有希望了。然而不久，美好的愿望就被残酷的现实击得粉碎。国民党政府根本无意于国家建设，一心想着打内战，那时整个国家的状态用八个字足以形容：“物价飞涨，民不聊生”。早晨买一斤玉米面的钱到晚间就只能买半斤了。哪里有压迫，哪里就有反抗。学生们上街游行，工人们组织罢

工，商人们进行罢市。随后，国民党进行了严酷的打压。他们实行“白色恐怖”，动不动就闯进校园，搜查宿舍，拘捕学生。整个学界笼罩在一种恐怖之中。

对于政治，敏之虽然不太了解，但心中也隐隐觉得这个社会需要改变，并萌生了需要为这个社会做一些什么的想法。那时的校园里流行三青团，这完全是国民党的走狗社团，有志的同学们把参加国民党三青团的人叫“三青子”，对这些人嗤之以鼻。当时，师大已经有地下党员，他们都是很优秀的学生，同学们都非常敬佩他们，也愿意围绕在他们周围。敏之的一个好朋友慧芳加入地下民主青年联盟，并送给她一本书《方生未死之间》，书里讲述了知识青年到解放区的情况。正是这本书，打开了敏之的另一扇窗户，照亮了敏之那时仍然布满阴霾的天空。敏之读后对解放区，对共产党有了更深的了解，同时也有了更多的向往。一次偶然的机会，慧芳带着敏之一起参加了北京大学举办的五四篝火晚会。这是地下党秘密组织用来引导一些进步人士的晚会，晚会上北京各学校的有志青年对国民党的统治进行了控诉。正是这种种的冲击，让敏之心中萌生了这个社会需要改变的意识。她明白现在的天空虽然黑暗，但照亮未来的火种正孕育着。

由于敏之各方面的优异表现，1948 年她被保送进北京师范大学。这时的她不仅关注学习，而且在学校的各种活动上也是崭露头角，并且很快成为校福利部的部长。

1948 年底，华北大学迁入北平，因为没有校舍，华大二部借宿在了师大。当时师大的校长是由国民党政府委派，在新政府建立初期便处于一种消极等待的状态：老师按课表上课，学生消极听课，整个师大的校园毫无生气。与这形成鲜明对比的是华北大学这批从战火中走来的学生，他们带着满腔的革命热情，朝气蓬勃、风华正茂。敏之作为学生会的干部，自然有很多机会接触华北大学的同学。她积极地与华大的学生沟通，还帮助华北大学的师生举办了座谈会，便于互相学习交流。正是在这一次次的沟通之下敏之与他们建立了深厚的友谊。不久之后，时任华北大学副校长的成仿吾老校长找到了一座寺庙——拈花寺，便打算让学生搬去那里。那时的敏之已经厌倦了师大的死气沉沉，她喜欢华大学生身上迸发的热情与活力，便想随着这些朋友一起进入拈花寺，进入华大。

就在敏之有了这个想法之后不久华北大学开始招生。1949 年 3 月，敏之顺利地通过了笔试和面试，进入华北大学二部教育系，随后转入俄文专业学习。1950 年中国人民大学建校，敏之通过自己的努力成为人民大学经济系的第一届学生。

1950 年 10 月 3 日，一个初秋的下午，在东城铁狮子胡同一号大院的操场上，人民大学举行了开学典礼。学生们按照系级排着整齐的队伍，肩上扛着马扎，陆续进入会场。大家都穿着灰布制服，戴着灰布制服帽，老师们和领导也是一样的装束。敏之此时的心情却犹如万里晴空下招展的红旗，红彤彤的，亮堂堂的。

大会开始之前，会场上的同学们进行拉歌比赛，一派团结、和谐的气氛。令敏之意想不到的是，党和国家的领导人刘少奇同志和朱德总司令亲自前来参加开学典礼。

大会开始后，刘少奇同志说："人民大学是新中国第一所新型大学……人民大学的学生是人民在困难的时候用小米供养的，人民大学的学生必须为人民服务，如果不很好地为人民服务，那就不是人民大学的学生。"

刘少奇同志的话，铭刻在敏之的心底，激起了她心中无比的自豪感、使命感和责任感。

那时的人大学子，心中似乎都有一团火焰。无论春夏秋冬，严寒酷暑，每天6点钟起床，全体集合，去操场跑步，回来后洗漱、吃早饭。8点钟到教室上课。为了在较短的时间内掌握必要的知识，每天上课七到八个小时，课外活动一小时；晚饭后7点上自习课，10点熄灯。起居作息有严格的组织纪律，大家也自觉遵守。因为每一个人都有一个共同的理想、共同的目标、共同的心愿，那就是为社会主义事业和共产主义理想奋斗终生，把贫穷落后的旧中国建设成为繁荣富强的新中国。

你能否感受我的热忱，那红色的爱恋金色的誓言

学习是生活的主旋律，爱情却是每个年代永恒不变的音符。尽管当时的团委教育要以学业为重，不主张谈恋爱，最好不要恋爱，但每个班都会有一两对，那是一种革命理想占主导的恋爱，大家也觉得很正常。

敏之因为儿时那些妇女在男权主义下的悲惨遭遇的记忆，觉得婚姻可能是一种痛苦的负担，再加上还有好多的理想等着她去实现，就一直抱着独身主义态度。学习上她一如既往的努力，一直是班里女生中学习最优秀的。不过敏之并不抵触男女同学的接触，她觉得大家都应该是革命伙伴，因此与班级里的许多男生都保持着很好的朋友关系。

不知不觉就进入了大三，一个人慢慢地出现在了敏之的视野里。林振华一直是男生中学习最优秀的。他高高的个子，笑起来很灿烂。最初是因为他和敏之一样喜欢乒乓球，便常约敏之一起打球。就这样，慢慢地两个人越来越熟悉了，振华就会约她一起课后散步，一起温习功课。可是，不管怎样熟悉，敏之的独身主义态度并没有太大的变化，而且为了不引起误会，敏之也会和别的男生一起温习功课，一起散步，当然彼此间都是当作很好的朋友来看待。

女生无心，男生有意。敏之虽有些若即若离，振华对她的感觉却丝毫未减。在当时，恋爱的观念也颇具时代特点，双方首先考虑的是要有共同的理想、共同的价值观念，具体来讲，就是都要热爱祖国、热爱集体、热爱劳动。

那时候的敏之因为担任了一些学生会的工作，常常会忙到很晚，振华有时会等到她忙完，找她一起散步、聊天。爱情的花儿就在那个时候慢慢地开放了。

京城的春天花飞草长，浅草泛绿。在一个周末，振华便想约敏之一起出去。

“敏之，今天天气很好，我们去景山公园玩玩吧!”

敏之儿时去过一次景山公园，在那以后就多年未去了，便痛快地答应了。

这一路，倒也聊得颇多。两人谈起了各自的家庭情况，谈了学业，谈了理想，也谈到了爱情。在那次出游的四五年前，振华曾谈过一次恋爱，两人的感情也很好。可惜那看似美好的你情我愿，遇到了家庭背景的悬殊，便显得那么脆弱。女孩的父亲是一位高官，她的兄弟也都是留学生，一家人全都看不起振华。“败给了现实。”振华微笑着说。

敏之听到振华诉说自己的初恋，便把不久前发生在自己身上的与感情有关的事情告诉了振华。在此之前，班里的一名男同学邀请敏之吃完饭一块出去谈谈，因为既是同一个班的同学，又是不错的朋友，敏之便答应了。可是还没说几句，那个男同学便说，“敏之，我非常喜欢你，想跟你终身生活在一起。”敏之一听，一下就火了，觉得非常反感，很直接地说，“我立志献身事业，不想谈恋爱，也不想结婚”，说完就跑开了，以后再也没有理过他。

听敏之这么一说，振华半开玩笑地说，“你真有志气，很少有女孩子像你这样的。”

这一次出游之后，两人对彼此的事情有了更多的了解，关系也更近了一些。不过敏之的独身主义态度并未因此改变，依旧把振华当作很好的朋友，并没有恋爱的意识，但两人一起温习功课的次数却越来越多了。在读《资本论》的时候，有些内容很难理解，两人便一起讨论。振华的知识面广阔，见解独到，听了振华的一些解释，敏之常常有柳暗花明之感，令敏之很佩服。在期末考试前夕，两人也会一起复习，一人提问，一人回答，如有疏漏，便互为补充，何其乐哉！学艺的切磋，常常让敏之觉得班上也只有振华能与自己在学习上谈得来，也只有他能理解自己，便也很愿意和他待在一起，觉得很愉快。

转眼一学期就结束了，经过了暑假，新的一学期又开始。时光的飞逝总是伴随着生活的充实。很快便到了十月份，也到了敏之的生日。

在那天傍晚，振华叫上敏之吃完饭后一起散步，走着走着，振华突然从背后拿出一小盒糖果，并祝福她生日快乐。敏之愣了一下，没想到振华会知道自己的生日，突然想到在去景山公园的时候说到过自己的出生日期，没想到只是随便一说，振华便记住了。想到振华这样的关心自己，心里荡漾起一丝丝的温暖，很甜很甜。

敏之因为家在北京，周末也会回家看看母亲，有时回家的时候，正巧碰到振华，振华便会走上前来，说："回家啊，走吧，送你到门口。"就这样，敏之推着那辆破旧的自行车，和振华一起走到门口。看着敏之的背影，振华常常会在门口伫立一会儿，直到那个背影从清晰变成一个模糊的黑点，淡出视线。有一次，送敏之回去的时候，振华说想去看看敏之的母亲，敏之便答应了。回到家后，敏之向母亲介绍，这是自己的同班同学。母亲没有多问，却也略知一二，对振华的相貌谈吐都很满意。

临近毕业的时候，敏之和振华的感情已经十分的深厚了。那时的很多恋人都选择在毕业离校前夕结婚，这似乎成了那时大学生的一种普遍做法。当时，班里有一个男生和一个女生，平时并没有任何的课外接触，室友们也未觉察出任何的恋爱迹象，却在毕业前夕，突然宣布结婚，大家都感到很震惊。后来才知道，男生觉得就快毕业了，和同学分开以后不知以后会是怎样，不如和班里同学结婚，这样也更了解，便找了这个女生，向她表白了，女生也同意了，两人一拍即合，就这样便宣布要结成夫妻。

看到身边的不少同学都已经宣布结婚了，振华也有些不安，想和敏之说说，心里也有个着落。终于，在一天傍晚，振华像平常一样约敏之出来散步。

“敏之，马上就要毕业了，毕业之后，我们有可能就各奔东西了，我会很想念你的，我不想和你分开，我们结婚吧！”在沉默了许久之后振华才将这句憋了很久的话说出口。

敏之怔了怔，她没有想到振华会向她求婚。但还是不能说服自己，说服已经根深蒂固的独身主义的态度。敏之尽量地保持平静，缓缓地说：“振华，对不起，我还是不想组建家庭，对家庭生活也没兴趣。像我这样的人，不可能有时间照顾家庭，生活中也不可能照顾你。你还是找一个在生活上能照顾你的吧。”

“我不在乎这些，我不要求你在生活上照顾我，我会很好照顾你的。”

“那我也不能让你总照顾我啊！我这个人还是不适合结婚，不适合建立家庭。”

“反正我这一生就是认定你了。你看我都30岁了，你要不答应我，我就只好孤身一辈子了。”

振华注视着敏之，眼睛里带着渴求和企盼，敏之看着振华的眼神，想想和振华之间日渐深厚的感情，踌躇了很久，一时间一句话也说不出来。

就在这时，振华向前一步，一下搂住了敏之，用近乎哀求的声音说，

“答应我吧，答应我吧，答应我吧……”月光洒在眼前这个男孩子的肩上，那个宽厚而充满了力量的肩上。敏之心中那些想法在一次次地撞击着自己的灵魂，究竟该怎么办？

“我不在乎这些。”“反正我这一生就是认定你了！”这一句句话不断地撞击着敏之理性的防线，终于，敏之没有推开他，这对革命的伴侣终于决定走在一起。

在这个周末敏之早早地就回家了。回到家后，母亲便忙着准备饭菜，敏之走到母亲身旁，有些羞涩地说：“妈，我要结婚了，就是上一次来家里的那个男同学。”母亲笑了笑说：“好啊，女大当嫁嘛！”此时的敏之也有 23 岁了。

敏之的家里很清贫，母亲没有什么可以给女儿的，就东凑西凑地买了一件枣红色的衬衫。枣红色虽不如大红色鲜艳，在敏之的眼中，它却是无比的亮丽。

毕业离校前夕，学校已经宣布每个学生的去向。敏之和振华在一间教室里举行了一个简单的婚礼。同学们将教室的桌椅靠着两边的墙，摆成两排，准备了白开水，同学们一人凑了几毛钱买了糖果，放在桌子上。班长站在讲台上大声地宣布，“林振华和顾敏之两位同志决定结婚了，咱们今天给他们庆祝一下。大家谈谈心，吃些糖果。”

班长的话刚一落音，下面便开始起哄了。

“报告恋爱经过。”

“谁追谁的？”

……

振华和敏之就这样在一起了，没有繁复的礼数，没有定情信物，只有两颗一起到老的心。

结婚时，两人并没有房子，振华便向学校借了一间房子，两人过着平淡而又甜蜜的新婚生活。

你应该明白我的陪伴，不论生病还是健康、富有抑或贫穷

很快，大学都陆续开学了，敏之和振华也开始工作了。敏之被分在北大社文部任教，振华则继续留在人大经济系。两人都住在集体宿舍，排队等待分房子。这在当时是一种常态，房子很紧张，很多刚结婚的夫妇都没有房子。

平时的课程非常紧凑，两人秉承着“工作第一，家庭第二”的原则，只有到了周末才能见上一面。在敏之第一次走上讲台之前的那个周末，振华便是这堂课的第一个听众加评委。毕竟是第一次上讲台，敏之心里不免紧张，加之当时的要求严格，在重点突出、详略得当的同时，要严格控制时间，一定要在下课铃声落定之时结束一节课的内容。敏之不敢有丝毫差池，便一遍遍地对着振华试讲，振华就一遍遍认真地听，每听完一遍就给出一些建议。终于到了讲课的那天，敏之讲解清晰流畅，时间把握恰到好处，完美结束。

生活就这样紧张而又充实。不久之后，敏之怀孕了，学校考虑之后，两人在人大分到了一间房子。一间房子，一张床，两端各放一张桌子、一个书架，便是敏之和振华起居和办公的小天地。

两人在一起的生活是艰苦的，却从不觉得艰辛，源于对革命理想的追求，他们对物质生活的要求很低。当时，敏之的一个同事，家里很困难，结婚后才知道丈夫还有弟弟妹妹需要供养，但并无半句怨言，一个夏天只有一件衣服可以穿，只能每天晚上洗了，夜里晾干了，第二天再穿。生活艰难，心里却不觉得苦，依旧是怀揣着梦想，满怀激情，努力工作。

在家务上，振华知道敏之不喜欢各种烦琐的家务，就主动承担了从买菜到做饭的一条龙服务。每次敏之累了一天，回到家中，看着做好的饭菜，便觉得一圈圈幸福的涟漪在心里轻轻荡漾……当然，敏之也会做许多别的家务，简单地说，就是振华管吃的，敏之管穿的。

在工作上，振华和敏之兢兢业业，一丝一毫也不敢怠慢。因为开始工作不久，振华和敏之常常忙到深夜一两点，两人各自备课，遇到问题就互相询问，从而更深刻地理解问题。凭借着这种态度，两人很快在工作上有了一定的积累，便开始致力于写作。彼此都是对方的第一读者，对于振华的文章，敏之每次都能给出中肯的意见，每当这时，振华便会竖起大拇指，道一句："还是我的老婆高明!"而对于敏之的文章，振华也常常有着深入精妙的见解。在彼此的帮助下，两人的写作水平都有很大的提高。学术上的切磋促进，成为两人感情的基石，使这份感情总有活水涌入，永不断流，而又澄澈透明。

然而，好景不长，1957 年的反右运动打破了这份平静，许多知识分子受到牵连，蒙受不白之冤。振华也不例外，只因在一些问题上发表了一些看法，便被划为右倾而遭到批判。晚上回到家后，振华很是苦闷。敏之看出了丈夫的不快，也了解到一些内情，很是担忧，却又很快平静下来。敏之始终有一个信条，人在任何艰难困苦挫折面前，都不能低头，不能倒下。她便鼓励丈夫："有错就检讨，没错就拉倒，不要消极。"听了敏之的话，振华不再苦闷，相信只要自己是一心为国家，终究会被认可，挺过这一段，对错自会见分晓。

"文革"期间，振华作为教研室的负责人，被戴了高帽子。这突然的变故，使敏之感到迷茫了。但此前，敏之读过许多国外古典小说，认为爱情是纯洁的、高尚的、忠实的、不可玷污的，爱一个人就要忠贞不渝。这样一种根深蒂固的爱情观，使得敏之从未动摇。她对丈夫不离不弃，她坚信一切都是暂时的，坚信一切都将会过去，努力工作的人终究会得到认可。很快敏之也受到了打压，和振华一同被派到了江西劳动干校，孩子交给了集体。但是，两人并未被分到一个地方，振华只好把一个月的四天假攒在一起，每个月和敏之见上一面。

1971 年，大学开招工农兵生，口号是“上大学，管大学，改造大学”，敏之返回北京，留在了北医。不久之后，人大复校，振华也回到了北京，继续在人大任教。

因为长年累月的辛苦工作，振华的身体越来越不好了，1982 年的一天，忽然晕倒了，被送到医院，检查出了脑梗塞。但是当时两人对脑梗塞都没有清晰的概念，一心想着不要耽误工作。很快振华便出院了，继续工作。然而，第二年振华再一次晕倒，说话也变得不是很清楚。振华却依旧放不下工作，出院之后，在家里坚持看书、读报，慢慢地说话变得清楚了一些，就又去学校上课了。但敏之很不放心，还是能觉察到他说话不是很利索，便悄悄地问他的学生，觉得他讲得如何，能不能听清。学生说觉得挺好，敏之便没有太在意，而是从振华手中接下做饭的担子，每天匆匆往返于学校和家中。振华虽然每天都坚持吃药，但是紧张的工作加上休息太少，病还是一天天地恶化，再也无法工作了。学生就来家里听课，有时学校有一些活动，振华也会参加。每次扶持着振华，看到他缓慢的步伐，敏之心里都会酸酸的，但是她很快又告诉自己，一切都会过去的，不能悲观，不能失去希望。

我会陪着你，直到时间尽头

故事讲到这里应该算是拥有了一个美好结局，就让这相扶相持的背影永远地定格在这段时光里。我们不必再去还原敏之送别振华的场景，也不需要去感慨两位老人经历何其丰富而爱情又怎样朴素。每个时代的爱情有其独特的烙印和风华，羞涩质朴也好，热情奔放也罢，不同的形式之下是同一个亘古不变的主题——我爱你，不离不弃。

在时代的呼吸中相恋，在生活的挫折中相守。

七八十年代　血色浪漫，流年已换

篇首语

那个年代，通信还不很发达，一叠叠泛黄的书信，承载着所有的牵挂与思念，字字温暖着相爱的两颗心。见信如面，是那个年代爱情的真实写照。写信是幸福的，还未提笔感情就已湿了案头，厚厚的想念都倾注在这薄薄的信笺上；读信是幸福的，看着熟悉的笔迹，真切的言语，仿佛那人那影跃然纸上；等信更是幸福的，每天掰着手指头算日期，满怀期待地看信箱，内心总是有藏不住的雀跃。再平淡的话语也百看不厌，再普通的信纸也视若珍宝。多年之后，翻看那摞起来有半截人般高的信件，想起那泛黄的青春岁月，想起信那边的人，真是别有一番滋味在心头吧。

那个年代，恋爱是件不敢公之于众的地下工作。学校的清规戒律太多，牵牵手已是无比甜蜜。每天只要能坐在你的座位后面，看到你的背影便已满足；若是能问一道题，说上几句话，就一整天都沉浸在喜悦之中；

最期待的时刻不过是放学一起回家。纯真青涩的校园恋，不管结局如何，美好得都足够一生回忆。

八十年代已很遥远，但是那青涩的感觉却一直埋藏在记忆深处从未忘却。

简单的爱情，自然地生长

丁香元　贯筱

初识在秋风里

秋日的暖阳就像那些大学新生们的兴奋劲儿，伴随着一场场秋雨逐渐退去了。彩云之南的秋风并不萧瑟，凉爽清澈，让人很舒服。初次相识是在深秋的一个雨后的早上，他站在讲台上自我介绍，她坐在下面微笑聆听。他看到她明亮清澈的大眼睛，就像湿润的秋风吹在脸上般清爽惬意。1978 年 11 月 17 号，蔚蓝永远记得这一天。这一天他第一次踏入了大学校门，这一天他第一次邂逅了她。

机缘巧合，终而不期而遇

蔚蓝参加过两次高考，分别是 1977 年和 1978 年，在第二次高考后进入了大学。1977 年冬和 1978 年夏的中国，迎来了中国历史上规模最大的考试，报考总人数达到 1160 万人，说是千军万马过独木桥一点都不夸张。当年高考竞争到底有多激烈呢？对比一下录取率便知——如今的录取率是 3∶4，而 1977 年的是 1∶29，所以那时候的大学生是当之无愧的天之骄子。

考生是否被录取不光由成绩决定，还有身体条件的考核和政治审核。在这样的背景下，蔚蓝的考大学之路便比其他人更为艰难。为什么这样说呢?原来，蔚蓝在小时候曾患小儿麻痹症，由于医疗条件有限，导致一只小腿留下了病根，因此走路的时候会一颠一跛的。

1977 年冬天，蔚蓝参加了当年的文科考试。文科是蔚蓝的强项，如果单论成绩的话，他想进任何一所大学都是可以的，但是到了 1978 年 3 月份开学，大家都拿着录取通知书上学了，只有他没被录取。那个时候的高考分数是不通知考生的，都是盲报。蔚蓝觉得自己考得还不错，填的志愿也比较保守，怎么会一个学校都没录取他?! 后来他便跑到云南省招生办查分，查完分数之后他很惊喜，分数比自己估计的好很多。惊喜之余也有几分疑惑和失落：为什么没有学校录取我呢?

这时候一位对蔚蓝的人生来说非常重要的人物出场了，他就是当时在招生办工作的海先生，蔚蓝至今都非常感激他。蔚蓝没能被大学录取的原因除了身体原因还有政治原因。蔚蓝的父母在 1957 年时被错划成右派，1978 年的时候还未被平反，这个原因使得各类文科学校都没有录取他。蔚蓝和海先生素昧平生，海先生在看到他的成绩后只觉得很惋惜——这么好的成绩却上不了大学。于是海先生为他指了条路：如果你真的很想考大学最好考理科的中医，因为理科的政审标准和对身体的要求都会低一些，考文科按照目前的审核标准几乎是不可能的。

那时距离 1978 年 6 月份的高考只有 3 个月了，蔚蓝没时间考虑文转理的难度有多大。别过海先生之后，蔚蓝回去之后便在这短短的 3 个月里没日没夜地拼命复习。上天是必然不会辜负苦心人的，第二次高考，蔚蓝的成绩仍超过重点线很多，但直到招生工作结束，也就是 1978 年 9 月份大家都开学了之后，他依然没有被任何一所学校录取。

就在蔚蓝已经绝望并参加了工作的时候，11 月 10 号，学期过半，突然发生了一件戏剧性的事情。蔚蓝突然接到学校招生办的电话让他过去一趟。到了学校之后，蔚蓝被要求再做一次体检，虽然他感到很莫名其妙，但他还是骑自行车过去了。结果体检的大夫只是很粗略地看了一下，看到他是骑着自行车过来的，生活方面也都可以自理，大夫便告诉他来学中医是没有问题的，让他回去等通知。果然，不久之后蔚蓝便被告知去取录取通知书。虽经历了风波，但总归是拿到了梦寐以求的大学通行证，蔚蓝的兴奋自不必说。可是巨大的疑惑萦绕在蔚蓝心里，学校怎么如此后知后觉，在学期都过了一半才突然又决定录取他？他想到那位曾经热心为他指明前路的海先生。果真，这件事又是海先生从中帮了他一次。在招生工作结束后，按照规定招生办需要向省委领导做一次汇报，于是海先生便向云南省省委李书记汇报了蔚蓝的情况，李书记觉得应该给这样的青年一个机会，于是省里特别拨出一个名额给蔚蓝。海先生的两次鼎力相助，圆了蔚蓝的大学梦。

蔚蓝清楚地记得他去报到的日子，这是他人生中最重要的日子——1978 年 11 月 17 号。

常听历史老师说，如果某某没有遇见谁谁，如果他当初没有路过这个地方，如果……那历史就不是这样的了。人生不也是这样机缘巧合吗？如果不是蔚蓝去招生办一问究竟，就不会遇见海先生；如果没有遇见海先生，他就有可能不会进入大学；如果没有进入大学，他就不会在那里遇见自己一生的挚爱——芊骏。

确认过眼神，我遇上对的人

就这样，蔚蓝进入了大学。蔚蓝是团员，芊骏是他的团小组组长，就这样他们结识了。芊骏是个特别热心肠的人，蔚蓝进校晚，去哪里打水、怎么买饭菜票这些具体的事情都不清楚，芊骏就特别热情地帮着这位新同学做这做那。芊骏长得也很漂亮，有着一双美丽的大眼睛。在“文革”时期有一幅流传很广的油画《我是海燕》，画的是一个身着军装的女兵在风雨中攀上电杆接线路。蔚蓝笑着回忆第一眼见到她的大眼睛，便觉得像那幅画上的人物。在作为同学的时光中，他们一直相处得很愉快。

有一次班级组织一起去看画展，展出了一幅当时轰动一时的罗中立的画，名叫《父亲》。画上一个古铜色皮肤的沧桑老人，脸上布满车辙似的皱纹，手中端着一个破旧的茶碗。蔚蓝一看到这幅画，泪水立刻就流下来了，这幅画带给他的震撼和冲击太大了。蔚蓝站在那幅画前双腿动弹不得，各种想法和情感涌上心头却无法理清思绪，想到这个老人满脸皱纹背后的辛劳辛酸，想到我们的民族，想到国家，想到只有那个时代的人才懂得才有体会的感情。蔚蓝感慨良久，在不经意地抬头时看到她也站在这幅画前，那一刻他的目光恰巧与她的目光对视上了——他在她的眼里看到了完全一样的东西。只是那一个眼神，那一瞬间的感觉，蔚蓝便确定了这就是他要找的人。爱情的感觉就是这样说来就来猝不及防，当两个人面对同一幅画动容时，那不经意的对视就让彼此看见心灵最深处的东西。也就是从这一天这一刻起，两个人的关系开始变得微妙了。

这件事之后，他们再在平常相处的时候就有一些不自然，她对他总是刻意回避。可能是她从他的眼神中感觉到了微妙的喜欢，所以刻意不和他接触；也可能是她发现自己对他也有些喜欢，而那个时候的恋爱对这些单纯的学生来说总觉得是不被允许的，因而陷入纠结中；再可能芊骏是喜欢他的，只是因为他的脚疾而有所顾虑。以前在食堂打完饭，她若看到他坐在那里，便会很自然地走过去坐下一起吃，现在她会犹豫要不要过去。他明显感觉到她对他的躲避和疏远，蔚蓝笑称这是恋爱中的排斥期。蔚蓝并不对她死缠滥打、热烈追求，而是顺其自然，该对她好就对她好。她拒绝他也不气恼，他等着她想通的那一天。两个人便在这种欲迎还拒、欲语还休的尴尬气氛中迎来了暑假。

早在看画展之前，他们便和一群同学约好暑假一起出去旅游。就在准备成行时，可能是想到两个人一起旅行要天天相处的尴尬，芊骏突然说她不去了。同行的其他人都很疑惑她为什么突然不去，只有蔚蓝知道她为什么不去。芊骏在同学中人缘很好，为人很热情开朗，而且她唱歌唱得特别好，所以同学都很希望旅行中可以有这样一个多才多艺能为大家带来欢乐的同学，于是都做她的工作坚持要她去。架不住同学的盛情难却，她最终还是参加了这次旅行。

注定一起走的旅行

钱钟书曾说过，旅行最试验得出一个人的品性。经过长期苦旅而彼此不讨厌的人，才可以结交作朋友。由此也引申出来，爱人也是一样，如果一同旅行一个月后，双方还没有彼此看透，彼此厌恶，还没有吵嘴翻脸，那这个人应该不但能陪你走过这段短途旅行，也能陪你走完人生这最长的旅行。这次旅行他们从昆明出发，到杭州、苏州、无锡、上海，再到桂林，最后返回昆明，前前后后有40多天。

这40多天中，蔚蓝更是感觉到她的善良、大度、乐于助人的性格。他们之间虽然有不自然的因素在，但不可否认这40多天的旅途加深了对彼此的了解。当时的交通还不很发达，学生旅游注定是很艰苦的。火车车厢里无比拥挤，挤到几乎是周围的人把自己抬起来脚都落不下地，更要命的是南方的夏天气温接近40℃，其艰苦的程度可想而知。那时候蔚蓝发现，这个女孩相当能吃苦，不娇气，整个过程都没有听到她抱怨过什么。在那么拥挤燥热像蒸笼一样的环境中，她还依然乐于助人，哪个同学的身体不行了她就尽量帮着他们提行李。回去之后他们看到一张无意中拍到的照片，照片上她的身上挂满了各种包。同学都很惊讶：哎呀，怎么所有的包都在芊骏身上背着！虽然是些看似平淡的琐事，但这些点点滴滴最能打动人，透过这些他看到了她身上的善良，坚定了和她在一起的决心。

爱真的需要勇气

因为旅行的艰苦和劳累，蔚蓝回来便因胃出血住院了。她那时虽然没有像旅行之前那么抗拒他了，但是依然有些不接受他，所以她并没有和同学们一起去看望他。那时候真是蔚蓝最痛苦的时候，每天反复地想她为什么不来，是不是真的看不上我了，是不是决定和我断掉了。但他也不好意思问同学为什么她没有来，就这样等了一个星期，同学们也都发现他有些心事重重。与此同时，芊骏也在那边犹豫自己要不要去看他。这就是恋爱中的排斥期过后的猜谜期吧，彼此都在揣摩和猜测对方的想法。有许多人就在这个时候因为自己的误判或者失去耐心，错过了，永远都不知道那时对方真正的想法。幸运的是，蔚蓝和芊骏并没有这样。终于她来了！芊骏鼓足勇气跨出了这一步，蔚蓝之前的所有猜测、不安也就烟消云散了。

在蔚蓝出院后，芊骏给他写了一封信，信里没有直接表达她喜欢对方，她含蓄地向他说出了自己内心的纠结——她本来非常想抗拒他，可是最后还是失败了。那段时间没有去医院看他，并不是因为她不记挂他，而是担心来了之后会往前走得更远，自己能不能有足够的勇气去承担，她想知道他是怎么想的。蔚蓝看到信后告诉她，她所想的也是他想的。互明心意后，他们在一起了。莎士比亚说：爱情是一朵生长在绝壁悬崖边缘上的花，要有勇气才能摘取它。恋爱中就是需要有人肯迈出第一步，尤其是在那样保守的年代背景下，勇敢地选择在一起。

每个年代的爱情都有其特殊的时代烙印，相比 90 年代爱情的张扬而奔放和六七十年代爱情的苦涩和具有政治色彩，80 年代的大学校园恋更多的是含蓄、内敛。那个时候在大学谈恋爱的几乎都是地下恋，很少有公开的。在现在的大学校园里随处可见举止亲昵的情侣，在那个年代可是绝对没有的。蔚蓝和他的太太在大学期间甚至连手都没有牵过一下。可越是这样单纯朴素的校园恋，便越让人怀念，让人回味。

摆平岳父岳母大人

芊骏和蔚蓝交往的过程中，最大的障碍就是来自她家里的反对。因为蔚蓝腿脚的原因，芊骏的妈妈对她说：你找任何人都可以，就是不能找他。芊骏是很直接的人，她的回答是：任何人我都不找，就找他。对于家里的反对，蔚蓝像当初对待排斥他的芊骏一样，依然采取软坚持的策略。蔚蓝嘱咐她不要和父母顶嘴，更不要因为这件事和家里人闹翻，让家里人感觉到她和他交往不会影响学业、生活，而且依然很积极乐观，不让他们担心。

过了一段时间，她的爸爸妈妈发现女儿真的很坚持，于是便想通过侧面了解这小伙到底是怎样的一个人。大三期末的时候，有一天她突然对他说她的父亲想见见他，到她家一起吃顿饭。她的父亲也是一个知识分子，吃饭的时候和蔚蓝聊得非常愉快。吃过饭后父亲对他说，我这里没有问题了，说着他把袖子卷起来，原来父亲也有一些残疾——年轻的时候手臂骨折了，因为医疗条件不好所以手臂不能完全伸直。蔚蓝在父亲身上感受到了某种力量，很感激她爸爸。芊骏的妈妈在教育厅工作，打听到这个小伙年年都是三好学生、大学时就入了党、同学中的口碑也相当好，发现他除了身体有一点不好外，真是一个非常优秀的孩子。这样，她的妈妈也开始逐渐接受他。后来有一次芊骏的妈妈生病了，他便去看望，给她的妈妈开了一副药，结果她一吃病就好了。可以说这是一个重大转折点，又为他在岳父岳母那里加了不少分。她们全家都很高兴，于是顺理成章认他为准女婿了。可以看出这个征服岳父岳母大人的过程是很自然的，并没有因为某一方的坚持而发生什么争执。如果说父母的阻碍是冰，那么这块冰就慢慢地被他们融化了，而不是将它击碎。当然，这过程中，最重要的还是芊骏的坚持，如果没有她的坚持，如果她有一点点动摇，他再怎么表现怎么坚持也都是徒劳。

毕业后不久，也就是 1983 年 10 月 10 号，在父母的祝福下，他们领证了；1984 年的 1 月 29 号举行了婚礼。次年 2 月他们有了自己的儿子。恋爱，结婚，生子，像每一对幸福的夫妻一样，小两口的日子便这样在平淡的点点滴滴中走下去。

婚后的异地恋

新婚不久，他们俩还经历过一次将近两年的异地恋。1986 年的时候蔚蓝第一次来到北京，去清华读研究生，那时他们的孩子才一岁多。所以这次分别是对这对新婚夫妇的一个大考验。说这是个大考验原因有三。一是他们的孩子还太小，而且体弱多病，基本上离不开人的照顾。当时双方的父母都还在上班，因为那时候是革命工作高于一切，所以帮不上太多的忙。而且那时候两个年轻人比较要强，不想让家人看到自己有困难或是受累的样子，所以芊骏自己抚养着小孩。二是他们刚毕业就结婚了，也没有什么经济基础，日子确实过得比较拮据，还经常要负担计划之外的花销，比如孩子住院的花费。三是沟通实在是不方便。80 年代电话还不普及，想要打个电话还要从清华跑到西单的电话局去打，而且非常贵。于是他们就主要靠书信往来，蔚蓝每天都会写一封信，芊骏因为工作很辛苦再加上还要带小孩，就三天写一封。这一封封家书就成了他们感情最重要的依托，每天最期待的事情就是收到对方的来信。日夜煎熬的两年终于过去，本来蔚蓝从清华毕业后是可以留在北京的，但是为了家庭他选择回去和妻儿团聚。

一晃十年过去了。在这期间蔚蓝一直在昆明某大学做行政工作并兼任教师。他先后做过团委书记、机关党委书记、党委宣传部部长、党委办公室主任等等。在这个过程中，他的身体条件所带来的客观影响逐渐显现出来。几次有关部门要提拔任命他的时候，都因为他的身体原因而搁浅。除了这个原因，蔚蓝也一直在思考自己到底适合走一条什么样的路，是从政还是做老师。在这个时期，芊骏表现出了对丈夫真正的理解。她并不希望丈夫官做得越大越好，而是发自内心地认为他更适合去做老师，而且他会是一个好老师。恩格斯说过一句名言：理解是爱的别名。蔚蓝很喜欢这句话，夫妻之间需要真正的理解和支持。

为了做一个好老师，蔚蓝觉得还需要再完善自己。由于孩子已经长大，没有了后顾之忧，于是在妻子的鼓励下，1999 年，他决定再次进京深造。这时的蔚蓝已是近不惑之年了，算是年龄很大的博士生。而芊骏在老家云南是一名很优秀很负责的医生。后来，有一个机会可以让芊骏提前退休来到北京，她选择了放弃自己的事业，跟随丈夫来到北京，在家做起了全职太太。这一点蔚蓝至今提起时都非常感动——妻子为他牺牲了太多。如今蔚蓝已经成为北京一所重点大学的知名教授，学术成果累累，深受学生喜爱。如果说他能有今天这样的成绩，都是因为有她在背后默默支持。这就像那句俗话——每一个成功的男人背后都有一个默默付出的女人。

蔚蓝看大学恋爱

蔚蓝和芊骏结缘虽然是缘分使然，但在那个年代，因为特殊的历史原因，大学生的年龄都要偏大一些，所以那一代的学生在大学就基本都达到了适婚年龄，需要面对这个现实的问题。蔚蓝主张在大学里就能寻找自己的伴侣。如果在大学这四五年都没有找到合适的，毕业时候已经快 30 岁了，且不说那时人心已经变得成熟、复杂，光是再去重新认识一个人、了解一个人也实在是太难了。蔚蓝今年大学毕业已经整整三十年了，他们的同学中，包括蔚蓝和芊骏，有五对同学结为夫妻的。虽然班上其他很多同学有离婚的，但是，这五对同学夫妻却没有一对离婚。蔚蓝觉得这不是偶然，朝夕相处的同学是最了解彼此的，从相知到相恋是一个很自然的过程。这个过程不像相亲，相亲是两个人从一开始就奔着谈恋爱的目标去的，因此定会精心地展现出自己最好的一面，将缺点尽量隐藏。而同学之间却不是这样，大家都以本色相处，就算可以伪装一时，也伪装不了四五年那么长的时间。

其次，因为蔚蓝自己的身体原因，如果去相亲，很有可能第一面就被对方否掉了，而不愿意去再进一步深入了解这个人的品性。而同学之间则不一样，几年接触下来总会了解一个人，在被这个人所吸引后，身体的问题就不是问题了。

还有一点，蔚蓝认为最重要的，就是两个人一定要有相同的基本价值观。两个人可以性格不同、爱好不同，但是价值取向不能不相同。说得通俗一些，就是两个人所欣赏和厌恶的东西应该是很接近的。可以看出蔚蓝和芊骏在这一点上总是心意相通——在同一幅画前潸然落泪，职业选择跟随内心，都同样地乐于奉献、乐于助人。这也是他们俩能够走得这么长久的根本原因吧。

蔚蓝和芊骏的相恋并无大起大落，总以为大学的爱情应该轰轰烈烈，而不是平平淡淡。但是对于每一个人来说，平平淡淡就已经是我们人生舞台的轰轰烈烈了。蔚蓝和芊骏的故事还在继续，但是我们暂时只能写到这里了。相恋一次，一次一生。他们是彼此的初恋，就这样相互陪伴相互扶持着走了三十载。衷心地希望他俩一直牵着手走下去，直到永远。

最动人心弦的故事是自然生长的爱情。

你就是我的风景

贾鸿蔚

如果能在最好的时光里遇到那个注定要携手一生的人，无论晴雨，都牵着她的手坚定地走下去，看遍一路风景。

你会不会觉得，那就是最美好的爱情？

那时年少，不曾记青涩时光

罗桐初遇苏晓的时候，还没有想过爱情的模样。

背着书包站在县城里，看着跟村子里那条灰扑扑的羊肠小道相比显得宽敞整洁得多的马路，罗桐第一次想到，原来世界可以是这样的。没有雨后难行的山路，没有堆满杂物的小院，干燥的空气里甚至有自己从来没有嗅到过的味道。想要出人头地到更大的世界里看一看的愿望突然占据了他的全部思绪。他匆匆忙忙去新班级报了到，还没来得及认识班里的每一个人，忙碌充实的高中生活就开始了。

罗桐的个子比同龄的男孩子低一截，理所当然坐在第一排。家住县城的苏晓坐在第四排，善良热心，却与罗桐没什么交集。其实并不是因为座位之间的距离，而是那时的高中，男女生之间都没什么交流。即使对异性有好感，大多也只把那份情愫深深埋在心里，像保护一棵即将破土的小雏菊一样，小心翼翼地不让任何人知道。偶尔有交流，也总是一副公事公办的态度。男生通常远远地喊一声“老师叫你呢”，就急急跑开。女生则会一本正经地走到男生面前，生怕多说半个字，把作业本放在课桌上就迅速抽开手，不给男生说感谢的机会就掉头走开。

怀着“只有刻苦努力，才能到大城市去看看”的简单想法，罗桐比大多数人更刻苦。对班里女生的了解少之又少。除去学习的时间，他担任了生活委员，负责班里的一部分事情。

高三的一次大扫除，似乎是储存在罗桐记忆中的与苏晓接触的少数画面之一。那时罗桐已经长高了不少，高大帅气却又有点内敛，依然不大懂得如何跟女孩交流。所以当班主任让他去给女生们分配擦玻璃的任务，心里不免有些不安。走到一群聚在一起却不知道该从何干起的女生面前，酝酿了几秒才开始布置任务。几乎是第一次主动跟女生说话，印象里几个女孩性格各异，那个叫苏晓的女孩子好像很特别。在心里对这次“主动交流”暗暗做了总结之后，一转身就又把这些念头抛在脑后，再没多想。

高三的元旦总是让人兴奋，毕竟是毕业季的新年，即使是身在高考的压力之下，也让人免不了萌生出一些新想法，好让这个新年与众不同。当时的班主任让同学们每人写一张贺卡，混在一起，再各自抽一张。新年祝福的不确定性让每个人都难掩激动，甚至可能暗暗祈祷自己能收到来自某个特定的人的祝福。罗桐对这件事情倒是没有抱太多想法，却还是在看到贺卡的署名是“苏晓”的时候，心没来由地多跳了两拍。

其实那只是一张很普通的卡片，白色的卡纸上绘着喜鹊冬梅，祝福也也简单：“祝你拥有青松一般的性格。新年快乐。”娟秀的字，让罗桐忍不住一看再看。其实如今想来，那或许已经是他对苏晓的爱情的开始，只是彼时未曾尝过爱情滋味的他还不能明白自己的心意。如今，每当他翻出早已被自己做了塑封、保存得完好无损的卡片，再想起那一个新年，会感叹或许这就是缘分的力量。

跟朋友一起为了一个目标奋斗的日子，幸福而短暂。1984 年的夏天匆匆而来，高考，填报志愿，各奔东西。罗桐去南方念了军校的医学系，同样读医科的苏晓则留在省城。天南海北的距离，让原本就不熟的两个人一时断了一切联系。

突然发现，你早已在我心里

再次有交集已经是半年之后的事情，几个同学组织班级聚会，其中就有罗桐和苏晓。只是单纯地一起做些事，各自组织一些小节目，讲讲串词，合作并不多。其实，当时女生的联系负责人有三四个，可时隔多年再回忆起来，罗桐的印象中只有苏晓的身影。爱情已经悄悄生根发芽，只是他还不自知，也不曾让她知晓。

那一次的聚会，有人奢侈地找来相机照了好多照片，黑白的定格，却是那次欢聚最珍贵的纪念。苏晓一如既往地热心，把照片分寄给了到场的每一个人。罗桐收到照片后，连眼角都带上了笑意，急不可耐地给苏晓写了回信。

这封信像是打开了一扇门，认识很久却一直没有机会熟络的两个人终于有了了解彼此的途径。讨论大学生活，讲讲新认识的人和事，偶尔还会把老同学的最新消息告诉对方。1600 公里的距离，在那个交通、通信都不发达的年代，两个人就用信件维系着对彼此的挂念，从未间断。即使一封信通常要半个月才能打一个来回，可丝毫没有疏离了两个人的关系。相反，他们一笔一画地写下自己的生活状态，倾诉自己的心情，甚至畅想对未来的规划。两颗真挚的心在这个过程中，越走越近。

很多时候，写信是最浪漫的事情。一封信往往需要很长时间酝酿，斟酌语气、用词，努力用最精准的语言表达内心的想法。这个时候的罗桐总会暗暗抱怨自己的语言组织能力，有时想了好久写下的一句话，再看看好像哪里不对，便毫不迟疑地撕掉重写。怀着郑重的心情贴上邮票，把信放进邮筒，心好像就随着那封沉甸甸的信飞到苏晓身边。每每都会掰着指头算日期，快到收信的日子便总是藏不住内心的雀跃。一旦自己算好的日子没有收到信件，免不了心情低落。偶尔罗桐也会想象苏晓收到信之后的表情和反应，想象她会不会像自己一样开心。

事实往往如他所想，苏晓甚至会把这份喜悦与好朋友分享。收到信的一刻，总会猜测里面的内容，然后迫不及待地打开，看着早已熟悉的笔迹，仿佛就能看到那个人坐在自己的对面，微笑着对自己倾诉。甚至在看到罗桐落笔写下的“祝身体健康，保重”之后，心里有莫名的一暖，也有小小的紧张，仿佛能看到他关切的眼神，听到他藏在“保重”之后没有说出口的话，唇角不由自主上扬，连眼眸都染上了星星的光芒。

从高中没来由的激动，到如今越来越渴望收到苏晓的信件，即使是神经大条的人，也会想明白这其中的缘由。如果真的喜欢，就要去追求，不能等到来不及的时候才后悔。罗桐用这句话鼓励了自己一遍又一遍，终于在大二末的某一天，小心翼翼地问：“能不能给我一张你的照片？”

这样的表白方式如今看来恐怕太过含蓄，却是那时涉世未深的少男少女心领神会的告白。女孩特有的矜持让苏晓犹豫了一段时间，她把收到表白的喜悦悄悄藏起，静下心来对这段关系做出判断。异地恋或许会面临很多困难吧，两个人经历不一样的生活，见识不一样的世界，需要对方的时候，也很难在彼此身边。可是想到罗桐，想到即使远隔千里也感受得到的对自己无微不至的关心，还有两个人在书信里表现出来的默契投缘，苏晓突然觉得，即使再艰难，可因为是他，自己便有为之努力、坚持的理由。

没多久，罗桐就收到了一张照片。照片上的她，笑得特别好看。

面对现实，在动摇之后坚定

人总是成长得很快。大学里的书卷气，军队里的摸爬滚打，一点点教给罗桐什么是现实。

作为军人，服从命令是天职。两年之后就面临毕业分配的罗桐发现，任何事情恐怕都不会一帆风顺。保土卫疆，四海为家。眼见自己认识的大几届的战友被分配到了全国各地，条件恶劣的西北，常年不见人影的边境线，孤悬海上的小岛……祖国的每一处土地都需要军人的坚守，而自己未来的方向尚不明确。

现实使罗桐陷入迷茫。如果自己坚持跟苏晓在一起，对她会不会是一种拖累？她是不是真的做好充分的心理准备，愿意跟一个四海为家的大头兵一直走下去？自己这样的山里娃，又是不是真的配得上她？这样的想法自然被付诸笔端，却给苏晓带来不小的冲击。

苏晓读出这样的想法时，敏感的心像被划了一道口子，突然间觉得自己付出的真心就这样轻飘飘地被对方推拒了回来。或许罗桐并没有完全理清这段关系，并没有真的想跟自己在一起。要照片，或许也只是好朋友的情谊吧。又或许，他还在犹豫，对这段感情还没有信心。既然如此，自己就不要多想了，好好冷静一下。一切到此为止也罢。

但是苏晓忘了，对一段感情没有信心的人，往往是对自己没有信心；不由自主流露出来的迷茫，其实是在意。其实罗桐只是想让她知道，未来的路或许并不好走，却没想到苏晓如此干脆地给这段感情画上了休止符。

那段时间罗桐心情低落却又不知道如何发泄，只能像多数失恋的人一样借酒消愁，甚至抱着吉他在楼下疯狂地唱歌。心里一点点渗出的痛苦和难过，让他变得不像自己，却也让他猛然发现，原来不知不觉中，苏晓的身影已经深深扎在他心里，如今她却执意要把她自己从这里连根拔起，才有了这种无法言说的伤。鼓起勇气，写信，倾诉，解释。罗桐尽力弥补自己犯下的错误，努力挽回自己珍视的感情。

苏晓心里也不好受。她其实是喜欢他的，只是如果罗桐不愿意，她也不能勉强。没有书信的日子她总有点恍惚，为罗桐的犹豫和夭折的爱情悄悄伤心。直到再收到罗桐的来信，明白了这其中的原委。原来是这样，原来他是在为我想，为我们的未来想。

那么好吧，既然这样，我陪你，一起努力，一直走下去。

感谢有你，原来爱情那么美

又到了一个炎热的夏天，天空蓝得没有一丝云，知了一如既往叫得聒噪。但是只要有彼此在身边，就会觉得安心。

像之前一样，罗桐从家里先来到县城，去苏晓家坐坐。其实这早已不是第一次来了。以前的每一个假期，或许是刻意，又或许真的只是单纯因为县里汽车和南下火车的时间差，总之罗桐都会顺道过来看看。

可是这次不一样了。两个人的关系进入了稳定的时期，这次的见面自然有了与先前不同的意义。罗桐跟叔叔阿姨打过招呼，就骑上车子，载着苏晓出去转转。两个人笑闹着聊了一路。空气中流动着甜蜜和温馨，还掺杂着一点点对离别的不舍，却丝毫没有伤感没有担心。两个人已经清楚，手牵手走下去的路，还有很长很长。他们只是需要暂时分开，带着另一个人的心，看完全不同的世界。

医学系的学生比多数本科生要多读一年，实习期间则会在不同科室工作一段时间。每次到了换科的时候，实习的年轻医生们总是一片混乱，趁没有老师管，偷偷溜出去玩两天也没太大关系。

没有通知罗桐，苏晓果断踏上了去南方的旅程。那时的交通并不发达，一路颠簸，要倒一次车，再坐船走一段水路，费尽周折才能到达他所在的城市。第一次坐船，第一次一个人出远门，苏晓走一路问一路，历经辛苦才找到罗桐实习的地方医院，到宿舍里休息，等他回来。

好不容易转完病房下班，只想着回宿舍好好缓缓神，却在半道上被人拦了下来："嘿，你女朋友来了啊。"一句话说得罗桐摸不着头脑：什么女朋友啊？苏晓来了吗？怎么可能啊，她没说啊。摇摇头打消心里生出的隐隐期待，却在推开门的刹那愣在了原地，看着屋里淡淡笑着的苏晓，心里暖暖的。

苏晓只能待一天半，罗桐把她安排在一个熟识的老护士家借宿之后，就带着她在这个自己生活了快五年的城市走走看看。就像是那句"总有一天，我会看到你看过的风景，走你走过的路"，罗桐牵着苏晓的手，走过大大小小的街道，走过繁花盛开的春天。

这件事情一直都让罗桐很感动。不顾奔波劳累，趁着难得的休息空当跑来看他，只为了给自己一个惊喜。她甚至都没有想过如果自己恰好不在又该怎么办，是不是会抱着遗憾悄悄地离开。可是苏晓却从来没觉得这是什么大事。在她心里，那趟旅行意味着终于见到了好久不见的他，意味着第一次坐船、第一次吃麻辣火锅的美好经历，意味着一次远行、一次体验，却独独不提自己一路上的劳累和独自出远门的隐隐担忧。

她的心甘情愿，他的心疼怜惜，就是爱情。

兜兜转转，我终于找回了你

不在彼此身边的日子，只能通过书信保持联系。这份让他们得益颇多的浪漫，实际上颇有些别无选择的无奈。长时间才能联系一次的模式，更是差点让两个人断了联系。

转眼实习期就结束了。之后的一切按部就班，毕业考试、思想教育、各自离校、发派遣证，接着便去新单位报到。一切进行得太快，以至于两个人都还没反应过来，就换了通信地址。一时间，完全没有了对方的消息，在哪儿，干什么，怎么样，一无所知。

苏晓被分配到省城医院之后，在家歇了一周就正式上班。可是没有罗桐的消息还是让她免不了担心，担心他的近况，担心他的分配结果，担心两个人是不是还有未来。她几乎每天都在暗暗后悔，在临毕业前的那几封信里，怎么就没有想起来商定一个可以保持联系的地址。一天又一天过去，还是没有他的任何消息。

此时的罗桐正在天津的一个小镇里。回想起这次毕业分配的过程，罗桐还是觉得自己很幸运，也做了最正确的决定。成绩不错的自己原本可以留校，却在队长谈话摸底的时候坚定地告诉他，自己想回家乡："我女朋友在那里。我要回去。"因为一直以来的良好表现，队里还是给予了一定照顾，把他分配到北京军区内一个小镇的卫生队上。至少，跟家乡同处一个军区内，离她已经比从前近一些了吧，罗桐这样安慰自己。

可是不能任由联系就这样断着，否则两个人迟早变成陌路人。1989年突如其来的学潮让所有人措手不及，身处紧张气氛中心的罗桐自然清楚地知道，这种情况下，苏晓对自己会比往常更加牵挂却又无能为力。他开始绞尽脑汁，想尽一切办法，只希望能尽快让苏晓知道自己很好。他在脑海里尽力搜索一切跟两个人有共同联系的人和事，最终在收信人一栏里填上了苏晓妈妈的名字和单位地址，然后迫不及待地邮出，心里暗暗祈祷自己没有记错。

苏晓的妈妈收到信很高兴。虽然女儿并没有明确说过罗桐就是她男朋友，但她还是一眼看得出女儿的心意，也知道女儿正为失去了跟罗桐的联系心烦意乱。儿女的感情自有他们自己做主，为人父母能做的也只是让他们的坎坷少一些。没有任何犹豫，她把女儿的地址和近况写进信里，把罗桐因为心急而写得潦草的地址原封不动地剪下来，贴在收信人的位置。

这个过程看起来不过短短几句话，可在当时的罗桐心里，是日日夜夜的等待和煎熬。终于收到苏晓妈妈来信的时候，罗桐欣喜若狂，却又鼻子一酸，险些落下泪来。看着信里那个陌生的地址，想到这些天来心里的七上八下，他迫不及待地想让苏晓知道自己想念她的心情。

苏晓直到后来才从妈妈和罗桐那里知道了整个过程，不知道为什么会有淡淡的感慨，还有对上天眷顾的感激。两个人在回忆起这件事情的时候，还总会有些后怕。如果不是那封薄薄的信，可能他们会在更长的时间里陷在想念、牵挂、没着没落的心情里，甚至可能再见面时已是许久之后，各自有了新的生活，即使有再多感慨也只剩下一句“你好”。所幸啊，不长却难捱的时光里，彼此都不曾放弃，没有错过。

未来未知，并肩便无所畏惧

又是一个新年。罗桐终于再见到苏晓，竟然会有恍如隔世的感慨。两个人相携一道回了家，算是正式拜见双方家长。双方的家长都对这段关系满意，只是两人聚少离多的生活还是不免让家里人担心，总觉得心里不踏实，不如早点领证，把关系真正确定下来。

苏晓妈妈在家书中透露的这一提议，让罗桐至今心怀感念。在那个物质匮乏却又阶层分明的年代，自己山里娃、大头兵的身份，一穷二白身无分文的现状都没有成为两人婚姻的障碍，几乎全都依赖苏晓父母的成全。这自然成为罗桐日后奋斗的动力之一。

从毕业到领结婚证，短短不过半年有余，却是人生中最重要的半年。4 月 18 号，看着大红的印章盖下，照片上的两人一脸幸福，突然觉得这一路上所有的等待、思念都值得。那一天好像是两个人爱情过程中唯一清晰的日期，之前的每一个细节，萌生好感、表达情意、割舍不下，好像都是一点一点发生，渗进这些年的每一分每一秒里。只有这一天，不是一个模糊的“印象中”，而是一个清晰的“忘不了”。

结婚之后，苏晓只在天津停留不到一周，就匆匆赶回省城上班。两地分居是两个人必须面对的现实，但是这一次，两个人心里都无比清楚，无论发生什么，那个人就在那里。

单位的同事知道苏晓嫁给一个军人，不免长吁短叹一番：“你怎么也找了部队的啊？这条路多苦啊。”然后絮絮叨叨地给苏晓讲院里的一个大夫嫁给军人，一个人带孩子、料理家事有多辛苦，即使父母都在同一座城市也帮不上太多忙。苏晓听到这些，心里隐隐有些打鼓，可一转念，也只是淡淡地笑了笑。对于她来说，当初的远距离爱情自己也一样坚持了下来，如今两人之间的距离已经算不了什么。爱情、婚姻这条路上，本就是两个人相伴而行，其中所有甘苦是否值得，只有自己知道。

世界很大，有你有我才是家

不久之后的一次地震，让两个人真切地发现，面对距离，总会有些力不从心。

发生地震的城市离省城不远，作为医生，很有可能到灾区实施救援。当时罗桐已经有一段时间没有收到过苏晓的书信，得知地震发生后，担心她会不会受伤，会不会很辛苦。没太多想，他匆匆骑上车，花了一个多小时骑到县城的邮局，想给苏晓打一个长途电话。

那时打电话远没有现在方便，需要由接线员给对方的电话要线，从地方到科室按级转接，通了之后再到指定的话亭接电话。这中间的过程，除了等待，别无他法。罗桐耐着性子等了整整一天，却还是没有等到电话接通。沮丧地回到部队，正愁眉不展不知所措时，通讯员给罗桐送来一封信。看着信封上熟悉的字体，一直悬着的心终于放下，却又被另一种说不清道不明的情绪淹没。原来两地分居面临的最大挑战，不是因为距离而日渐生疏的感情，而是你需要我的时候，我却不能陪在你身边。

不久，罗桐又被分配到了家乡的一座小城，两个人之间的距离变得更近，不必再过鸿雁传书千里传情的日子。罗桐每个星期都能回家，日子比刚结婚时好过了些，也就萌生了考研的想法。

那年夏末，苏晓怀孕了。到考研之前，七个月身孕的苏晓依然尽己所能跟罗桐一起在单位分配的阴暗狭小的地下室里做准备。当时苏晓其实已经没有过多的精力，连复习画好的重点都体力不济，所以后来罗桐被学校高分录取，苏晓却没能考上。但对他们这个家庭来说，也没有太大遗憾。

罗桐依旧两头跑，尽力为苏晓多分担一些，尽为人夫的责任。苏晓则挺着大肚子，一个人料理家务，照常上班，牵挂不能常见面的丈夫。但她从没觉得苦，依然尽力做着自己能做的一切。为了这个家，她心甘情愿。

孩子的出生给这个家带来很多欢乐，也让两个人都更明白自己肩上的责任。罗桐一直都记得长久以来两地生活带来的一次次分分合合。那些事情让他明白，一家人，就是要在一起。他尽力调回省城工作，不断努力为妻儿创造更好的生活条件。从研究生到博士，从当年的卫生队到如今全国最好的医院，他在这个过程中付出太多努力。苏晓则一直默默陪在他身边，支持他的一切决定。

罗桐要到北京上班时，奋斗许久的他却第一次开始犹豫。当时苏晓已经是科主任，不管在科里还是院里都有一定地位，如果跟他一起去北京，虽然可以解决户口和孩子的上学问题，可对于苏晓来说，意味着放弃现在的一切，到一个几乎完全陌生的城市重新开始。罗桐明白苏晓的犹豫，只说："如果你不愿意来北京，那我现在就回去。"简单的一句话，让苏晓义无反顾地抛却一切跟到北京。对于他们来说，一家人，就是要相互扶持相互关心，即使是吃苦受罪，可至少三个人就在彼此身边。这本身，就是最大的动力。

尾声·一路携手

结婚至今，二十三年间，他们像每一对寻常夫妻一样，过着平淡温馨的生活。其间或许也有磕磕绊绊，但那些小插曲并没有分开两人紧紧相握的双手。苏晓悉心打理家里的一切，遇到大事两个人就商量着解决，日子就像一杯香甜的茶，过得有滋有味。

或许是自身的经历让他们坚持认为，能割裂爱情的，从来都只有爱情本身，所谓“距离”只是不再相爱的人为自己的不再坚持找到的最冠冕堂皇的理由。他们知道在这个过程里，需要无条件的信任，直达心灵的理解，和设身处地的包容。可能总有一个人要做出牺牲或者让步，可如果那是值得的，就没有任何犹豫的理由。分开的人，往往做不到。其实不是距离不对，而是人不对了。

有时两个人会不由想起当初异地相恋的时光。每一年发出的将近二十封信，每封信传达出来的有限的信息，是唯一的联系。可或许就是因为不易得，所以倍加珍惜。那些等待、思念、牵挂和渴望，现在想想，都是人生最宝贵的体验，那种幸福和温暖转化为财富，只有经历过的人才能拥有。你会知道即使他不在自己身边，可他的心一直都陪在这里，他的眼睛一直都在注视着你，如果相见，他可以在人群中一眼看到你。

原来这是一个如此细水长流的过程，让这段感情缓慢而平稳地走到现在。几乎没有特殊的时间节点，也完全没有惊心动魄或者海誓山盟，可是心照不宣的默契，让一切都那样自然而然地发生。于是，结婚，生子，相伴至今。

每到高中同学聚会的时候，同学们总会调侃他们，表达一下心里或多或少的羡慕和钦佩。曾经有男生开玩笑地搭着罗桐的肩说：“我当年就追过苏晓!”罗桐便略带得意地回一句：“你没追到!”心里想的，却是这些年一路走来的不易。

是啊，不易。

如今，罗桐和苏晓偶尔还会翻出那些至今保存完好的信件，那张暗示了缘分的贺卡，那些往返于两地之间的车票，然后抬起头，看着对方嘴角与自己越来越相似的弧度，告诉自己，这就是幸福。

原来，陪我看过花开花落、经历风雨晴空的你，就是我的风景。

伊的那些年

余卓霖

"被他喜欢过，很难觉得别人有那么喜欢我。"伊感叹道。

当《那些年，我们一起追的女孩》在大陆一夜蹿红时，已为人母的伊看完了这部电影。往事历历在目，20 年不过一瞬。

是啊，那些年……

犹恐相逢是梦中

那一个五一节，对于伊，寻常亦非常，伊时常想，要是没有那场聚会，她恐怕是要将那一段陈年往事永生忘却了。

那一场同学聚会，他回了故里。她和他十八年后第一次重逢。其时罗事业有成，春风得意，是同学会上那颗最亮的星。十八年青葱岁月过去，尽管大家都已青春不再，可罗风华正好，岁月的历练洗去了往昔的青涩，而增添了几许成熟男人的神韵：睿智大气，风情儒雅。十八年阔别，一朝聚首，同学们个个争相跟罗把盏言欢，罗亦是从容举杯，风雅自如。只有伊，岁月的刀斧在她脸上划过丝丝痕迹，昔日的容颜已然不再，只是沉静如常。也许那是积习使然，她自觉卑微如尘埃，人生有飞扬，她亦飞扬不起来；人生有热闹，她亦热闹不起来。这不长不短的路程，伊都是这么走过来的。所以，大家纵情欢歌，笑语声喧，更多时候伊则是静静地看，默默地听。当罗和另一个女生双双出场，默契地主持座谈会时，全场哄闹：金童玉女啊，先来一个拥抱？罗便自然大方地向那女生伸出双手。那时那景，她亦只是淡然一笑，不甜亦不酸。伊想，罗该是世上那种一等一的男子，不管岁月如何洗涤，依旧昂然如临风碧树，红尘中穿身而过，身边桃红柳艳，他自内心笃定，亦是温柔酷冷。只是那浅浅一笑，轻轻一环，会误尽多少红颜年少。

对于伊那只是十八年前的事。而今，罗是别人的使君，而她则成了他人的罗敷。人生是多么无常啊，一念生起，便秒杀了世间的聚聚散散……

当时只道是寻常

十八年前的那一个夏日雨天，就那样永生烙在伊的记忆里。那一天，罗风尘仆仆、迢迢千里赶到伊教书的那个僻远学校，不是来长相守，却是为生别离。只因为大学四年的异地恋，以及分配工作的两地分居，伊已心生倦意，意欲接受一段新的爱情。罗不相信，从初相识到长相恋，这一场爱情已历时八年，难道八年的时光还敌不过那短短的朝朝暮暮？然而，这一回迎接罗的不再是昔日伊那温柔的怀抱，而是一箱冰冷的信物！那是罗八年中写给伊的所有信件啊，是他八年的心血，满腔的爱恋！罗打开纸箱，呈现在眼前的是满满一箱书信，伊按日期一一整理、装订，然后尘封。谁也没想到，两年的前后同窗，两年的艰辛求学，四年的苦苦相思，最后的结局竟然是：抱回伊退回的这一箱冰冷的书信！伊泪眼婆娑，罗只是山般沉默。

雨住风停，已是日暮。罗执意要走，不作停留。在那条乡间小路上，伊送走罗，只记得他们走到一处池塘边，罗斜靠树干，满心绝望。伊生怕罗想不开，想要宽慰，罗只说：“我会游泳，你不知道吗?”

送走罗的那一夜，伊独自回到小屋，将为罗写了八年的日记，全部付之一炬，一页页撕，一页页焚，一行行泪……整整十大本日记，瞬息之间，烧成灰烬，这一场八年的爱恋就这样化成了这一堆纸灰，那场景一如黛玉焚稿一般的悲壮……

人生的这场初恋如同医生锲进伤骨的一根钢钉——时间长了，似乎忘记了，但无论过了多少年，阴雨天的时候，那个地方仍会隐隐作痛。

不知罗会不会也有这种痛觉。由此，潜意识里，伊生出隐隐期盼：在罗的心底，某个尘封的角落，仍会藏有那些文字，那个旧影。进而奢望那些文字，在罗的回忆里，会是永不褪色的燕子笺；那个旧影，在罗的回忆里，会是窈窕青春的杨柳绿……

记得那年初相识

那一场青葱岁月，那一段水木年华。

那还是八十年代，那时伊正上高中，正是《那些年》里那样的男孩女孩。是阴差阳错吧，伊没能如愿以偿到离家较近的重点中学，而是去了那个偏远的普通中学——M 中学。伊心有不甘，于是决心卧薪尝胆，咬牙发奋，证明自己即使在普通中学也一样能圆梦大学。为了这个梦想，伊心无旁骛，每天从晨露未晞到暮落黄昏到长夜未央，只是埋首书本，世事不闻。日子就那样一天天悄无声息地过去，静水一潭，没有任何涟漪。伊对学业的那份专注执着，近乎到痴迷的程度。也许是因为心中的梦想太遥远太沉重，伊无暇关注窗外的春花秋月、四时烟霞，思想单纯，意志坚定。在伊的眼里心中，没有春花烂漫，没有秋山寂寥，有的只是背不完的历史、地理，做不完的三角、几何……

有一天，伊蓦地发现自己的一篇随笔多了批语，用铅笔写的眉批、尾批详尽而中肯。记得那篇随笔是她一时兴起的涂鸦之作，写的是班主任老师不慎被烫伤之后自己的心理感受。一看那俊逸的笔迹就知道是前排的男同学罗的杰作。其时，罗是班上的团支书，写一手漂亮的字，还写得漂亮的文章，而且多才多艺，会二胡，会笛子，还会自己动手制作竹笛，还会篆刻，还喜欢捣鼓无线电……还很热心班上的事务，因此，人缘极好。读着那一行行批语，伊眼前一亮，心里一暖，一种别样的东西一闪而过……

从此后，伊的每一篇随笔里，都有罗俊逸的笔迹。因了这一层机缘，伊在心里慢慢拉近了与罗的距离，但日子依然风轻云淡，一如往常，亦没有刻意的伪饰，一切是那样自然默契。每当有新的随笔，伊就把作文本放在课桌上，第二天，就会看到罗在上面的圈圈点点。一来一往，伊原本单纯的心湖里，泛起了小小浪花，于是，便在随笔里夹了一张纸条：承蒙墨宝相赠，无以为谢，特拜你为师，从此称你是“师友”？

就这样，前后同窗，“编读”往来，一晃就是两年。当时，他们那所普通中学是最后一届两年制，所以紧接着便是预选考试，然后是高考，然后是各奔西东……

那平淡的两年里，那些铅笔眉批永远是最葱郁的一丛，任凭春来秋去，自是葳葳蕤蕤，永不衰枯。

那时考大学比考状元还难，那一座窄窄的独木桥上，挤满了千军万马。尽管他们日夜苦读，终究没能挤过桥去。倘若不想承继父辈面朝黄土背朝天日出而作日落而息的生活，就只有一条路可走：再读一年！别无退路。于是只好选择复读。伊和罗各自去了不同的学校，罗去了 Q 中学；伊则是去了 S 中学，那是一所更为偏远的学校，偏居一隅，交通不便，更为艰辛。但是那里环境幽静，却是读书的好去处。

陌生的环境，陌生的同学，冷漠的老师，起初伊很不适应，无所适从。记得是入校不久的一天傍晚，一同从 M 中学去的同学阳病了，伊陪同阳去几里外的镇上医院，打完吊针返回时，已是深夜十一点多，途中全是山路，两个人害怕得要死，竟是一路失声痛哭。在那个漠然的环境里，很长一段时间，伊都没能回过神来。

伊是那种笨鸟型的，不够聪明，因而须是足够勤奋足够用功。伊坚信：笨鸟先飞早入林。所有的功课，伊都有信心拿下来，只有数学，伊似乎是束手无策。由此，数学成了伊高考路上致命的瓶颈，新的班主任老师用伊作典型事例来训诫：伊没考上，就是因为数学不及格！伊心有余悸，害怕苦读一年，又会因为数学而功亏一篑。所以，伊决心攻坚，用一年的时间去搬掉横亘在眼前的这座大山。于是，她规定每天用一节晚自习做数学，那真是痛苦的磨砺，起初，很多题都做不出来，伊心里犹如爬着万千蚂蚁，心急如焚。这时，伊欣喜地发现坐在后排的男生杰数学特好，思维敏捷，而且，数学老师就是杰的姐夫，常常还有珍稀的资料。那以后，每当遇到难题，伊就请教杰，杰往往三下五除二就解出来了。渐渐地，伊的数学有了起色。伊心里坦然无私，杰亦是大大咧咧，可是问得多了，班上便有传言了，说伊和杰的八卦。伊不想辩白，杰亦不做解释，可是这不辩不解，同学就当是默认了。后来，伊看杰的神情，似乎还有点陶然乐然，这下大家就更加认定那是不争的事实了。杰不同于罗，罗做事不显山不露水，深沉稳重，所以两年时光里，只是两个人私下里心照不宣，旁人却没看出什么端倪。而杰，行事似乎有点张扬，再加上数学老师小舅子的身份，一时就风雨满城了。纵然是空穴来风，也百口莫辩，连班主任老师也听闻了。伊不知如何是好，只得写信告诉罗，问：师友啊，无端风波起，焉得全身退？不知当时的罗是何感觉，亦不知罗当时是怎样跟他的班主任老师交涉的，反正，第二个学期，伊就去了 Q 中学，逃离了那块是非之地，又跟罗一起同窗共读。

上苍垂怜吧，那一年高考，罗以全校第一的成绩考上了一所财经学院，而伊上的是师范院校。一年的暮鼓晨钟终于换来了舒眉展颜的一刻，感激上苍！

清风明月作见证

接下来便顺理成章。

那是最美好最甜蜜的四年。

大学的生活绚烂多彩，全然没有了中学时的重重压力，尽可全身心地享受那轻松曼妙的时光。罗在大学里如鱼得水，才情得以尽情展现，由宣传部长一跃升为校学生会主席。伊则完全沉浸在罗的世界里，心系此人，别无他念。平日里，除了学业，就是画春草画夏花画冬雪，以排遣她深深的思念；写三春写三伏写三九，以抒写她浓浓的离愁。那时，财院、师专，迢迢千里，音讯阻隔，伊和罗只得鸿雁传书，几乎每个星期伊都能准时收到罗寄来的厚厚的书信。记忆里，罗的那些长长的书信，说的都是工作、学习这样那样，并没有柔情蜜意；所以，伊的回信也只说学习、生活，不言相思，亦不言寂寞。尽管如此，每一天盼信、拆信、读信都是伊最幸福的时光。罗的每一封信，伊都要小心翼翼剪开封口，按日期先后整理成册。若是罗一时工作繁忙，鸿雁迟飞，伊就会在李子园里翘首以盼：云中谁寄锦书来？雁字回时，月满西楼……

罗行事严谨，却不乏风情，记得有一年伊的生日，罗寄来的礼物是电报一封！——春风又绿江南岸……惹得室友羡慕之至：伊，你那男朋友好生浪漫！

大学四年，聚少离多，每年只有寒暑假短暂的相聚，然后便是长长的别离。正因如此，短暂相守的寒暑假里，罗总是尽力弥补，给伊带去了几多欢笑、几多幸福，记忆里那花前月下的诗情，那看山观雪的浪漫，全都镂刻在伊那曲曲折折的青春里。

犹记那一场漫天大雪，棉花一般铺在地上，山野上银装素裹，一片苍茫。只是记不起是哪一年，年前还是年后？那一天，罗带着伊邀上云、辉一同去访梅。四人结伴踏雪，迤逦而行，前往梅的家。那是下午，天色灰蒙蒙，白雪似乎刺眼，刺骨的寒风吹在脸上，然踏雪访梅的兴致却不减丝毫。四个人一路上说说笑笑，深一脚浅一脚踏在雪窝里，鞋早已湿透，但却没觉得怎么辛苦劳累。辉幽默，云自在，罗风趣，只有伊木讷，那一路应该有几十里吧？真不敢想象，在那样一个大雪寒天，伊跟着罗几个人徒步在乡间小道上踏雪访梅几十里！罗牵着伊，小心翼翼在前面探路，为伊踏出一条坦途。天快黑时，终于轻松却也是艰难地到了云的家。那一夜，伊在云的家里，再也走不动了。云的妈妈真好，没有过多的客套，虽是第一次相见，却没有生疏感，亦不会使人感到威压。看到大家鞋袜湿透了，赶快烧好热水暖脚，罗看到伊那红肿的手脚，无限怜惜，一遍又一遍为伊捂着，暖着……那一刻，伊心里漾满了幸福。第二天清早，辞别云的父母家人，去访梅。伊不知梅的家在哪里，所以心里没底，似乎前路漫漫，白雪茫茫，于是就想耍懒，佯装可怜状：罗啊，我走不动了哦，你看怎么办呢？罗则兴致高昂：乖，不远就是桃花源呢，过了桃花源就是梅的家呢。伊大笑，你骗人吧？这荒山野岭的，哪里会有桃花源！云和辉也帮着罗瞎嚷嚷，伊自是不信。走啊走，只见迎面两山夹峙，中间一条羊肠小道，前方兀自有一道拱门进入，罗大喊：伊，看啊，那不是桃花源?！伊一惊，脚一滑，就笑倒在雪地里：哎，还真个有点桃花源的意境。罗拉起伊，一脸得意：没骗你吧？我几时骗过你啊？

路上绝少行人，除了四个不知愁的之外，偶尔碰到一两个行人，辉便诗兴大发：“莫道君行早，更有早行人。”罗才思敏捷，脱口而出：“鸡声茅店月，人迹板桥霜……”

不知那一路走了多久，沿途风景匆匆而过，没留下多少记忆，恐怕唯有那“桃花源”终生难忘。

伊忘不了坐在罗单车后的快意。那还是在Q中学，元宵节时，学校放假了，天阴阴的，还有冷冷的风，罗骑着单车，载着伊，在那条乡间马路上飞驰着。伊心花怒放，第一次坐罗的单车，既兴奋异常，又是那样拘谨，几次想伸手环住罗，终是没敢。沿途好多同学看着呢，他们或惊讶，或嬉笑，伊羞红了脸，不知前面的罗是否依然泰然自若？从学校到罗的家，原本有一条近道，为了送伊，罗绕了一个半圆，如此，得耽搁一两个小时。回到家时，已是日落黄昏，妈妈担心：今天怎么这么晚？伊一脸幸福，却撒谎说：一直没等到车呢。妈妈就信以为真了。第二天返校，见到罗，罗的第一句话就是：昨天回去挨了好一顿骂！伊狡黠地眨巴着眼：“后悔了吧？那么重呢，你也驮得动？”罗贼贼地说：“我举重若轻啊，那是爱情的力量呢。”“切，当心我报告班主任老师去。”

从那以后，每次放假，伊都坐罗的单车回家，惹得班上同学好生羡慕：“你好幸福啊，伊，都有专门司机呢。”伊就在后面捶罗的背：“听到没，专门司机哦，一生一世呢！”罗就蹬得飞快。真佩服罗的车技，那种乡间土路，还要载着胖嘟嘟的伊，却还能把车子骑得飞快。

让伊忘不了的还有罗帮她锄禾日当午的身影。

每年暑假，伊都有做不完的农活，“双抢”时节，一面要收割早稻，一面要播种晚稻，而那一切都只靠伊和小弟两个人完成。伊和小弟只好起早摸黑，赶早赶晚，披星戴月，即便如此，每一年农忙季节，伊都要忙上半个月。烈日下，骄阳似火，伊在水田里割禾、插秧，挥汗如雨。有一回，伊手指碰伤了，一插秧便是钻心的痛。那天，伊一个人在秧田里插秧，由于长日干旱，秧田干涸，伊只得先用小桶在田边池塘打一桶水，浇到秧田里，然后才能拔出秧苗来。烈日炎炎，手指疼得钻心，伊想：要是罗来陪自己该多好啊。正想着，猛一抬头，只见罗推着那辆熟悉的单车，兀自出现在乡间小道上，真是心有灵犀啊！那一刻，伊又惊又喜！于是，枯寂的水田里即刻便有了生气，罗幽默风趣：伊，我们像不像董永和七仙女？我耕田来你织布，我挑水来你浇园……“切，我都要累死了呢，你还有那兴致。”伊故作娇嗔。更苦更累的是打禾，一整天下来，人全身骨头都像是散了架，即使是庄稼人也会受不了，何况是罗那种文弱书生，但罗心甘情愿。罗每个暑假在伊家里，一做就是好几天，从不言辛苦，反而还和伊的小弟乐在其中。罗本不用稼穑之劳，却为了伊，在烈日下的水田里汗飞作雨。夏日的夜晚，劳累了一天的他，带上伊的小弟和小妹，来到那小河边，嬉水、赏月。月色蓉蓉，凉风习习，蛙鼓声声，稻浪滚滚，洗去白天的一身疲劳。罗诗兴大发，即兴吟咏：清风徐来，水波不兴，月出于东山之上，徘徊于斗牛之间……那是苏轼《赤壁赋》里的句子，才上小学的小妹不懂，缠着罗给她讲故事，罗却是望着天上的银河，看到了牛郎织女，轻轻地叹息：盈盈一水间，脉脉不得语……伊随即安慰：两情若是久长时，又岂在朝朝暮暮。

这就是伊快乐而充实的八年。

分开一对玉麒麟

1992年，罗圆满毕业，本来可以分配到北京，为了伊，罗回到故乡。

从初相识到长相恋，期间是长长的八年。过往岁月一一后退，伊和罗，小小的两个人，走过泥泞的雨天，走过热烈的艳阳天，走过欢笑走过痛苦走过黑暗走过光明，走过刻在彼此掌心上那条长长的感情线。然而没想到，一直走，一直走，走到夕阳的背后，竟然只剩下一个人孤单。

一切似乎水到渠成，眼看就要花好月圆，然而，天有不测风云，谁也没有料到，出身农村的伊，无奈被分到县城教高中；而罗，放弃了去北京深造的机会，回到省城长沙。但是，二人的直线距离并没有因此拉近，在交通极其不便、通讯完全不发达的 80 年代，伊实在害怕了每周挤火车赶长沙的日子，更担忧罗工作爱情两头奔忙的窘状……而就在此时，与伊同时分到 H 中学教书的一个小伙对伊穷追不舍，春游、散步、谈心、干活等等，就这样伊的一念之差，便将与罗的八年抗战拦腰斩断，最终没能天长地久，从此天南地北、各自天涯。

那一日读仓央嘉措，他写："那一天闭目在经殿香雾中，蓦然听见你颂经中的真言。那一月我摇动所有的转经筒，不为超度，只为触摸你的指尖。那一年磕长头匍匐在山路，不为觐见，只为贴着你的温暖。那一世转山转水转佛塔啊，不为修来世，只为途中与你相见。"读到这里，竟是唏嘘感慨：难怪仓央嘉措自称是世间最美的情郎。佛门的戒律清规竟是禁锢不了他那颗留恋红尘的凡心，可是身为佛门弟子终归是不容有万千柔情的，这就是仓央嘉措的痛苦吧，枉费了深深诗情，错入了佛门。

想起张爱玲的《半生缘》，想起沈世均和顾曼桢重逢时说过的那句最凄绝的话："我们再也回不去了！"

是啊，再也回不去了。这是这个世界上最残忍的一句话。就是这样再简单不过的一句话，生生地将两个原本亲密的人隔为疏离，没有经历过的人，永远不会明白那是怎样的一种切肤之痛。

千回百转，百转千回，独自心意沉沉时，伊便会想起那个纳兰容若，置身锦绣之中，却心境荒芜的容若，心中该是哪样的愁和痛？那一个"她"，那一段少年不得遂意的情事，压得那个多情人抒发愁肠百结，他无限痛悔："谁念西风独自凉，萧萧黄叶闭疏窗，深思往事立残阳。被酒莫惊春睡重，赌书消得泼茶香，当时只道是寻常。"

万事无缺的容若，始终为没有得到心中的“她”而愁肠难解，终其一生，“她”始终只是他心中的镜花水月，只是“她”可知晓？

曾经的誓言：在天在地，永不分离。

曾经的愿望：执子之手，与子偕老。垂垂暮年，静坐庭前，闲看花落，笑谈浮生流年，百年一眼，相携而过，姹紫嫣红看遍……

而今却是：使君自有妇，罗敷自有夫……

记得作家简祯说过的话：想起从前爱过的人，像从别人的箱底瞥见一件自己送出去的衣服，顶喜欢的一件，可惜要不回。

我曾想，得你赌书泼茶，红袖添香。

九十年代　休笑前任痴，由来同一梦

篇首语

新世纪的大学生，带着“80 后”“90 后”的迷惘与憧憬，从青春这列“通往春天的地铁”启程，驶向了新时代未知的爱情，呼啸而过，猝不及防。那个你，会在哪一站到来？爱情这一魔咒，在这个年代有了新的诠释。

这个时代的爱情，是多元的，异地恋、异国恋、网恋、同性恋……形形色色的爱情，与时代碰撞，以它们各自青春的音符，奏出多样的乐章。有误解、有祝福、有感动、有质疑，多元交织。

这个时代的爱情，是日渐开放的。恋爱，不再需要藏在黑暗的角落，不再需要接受传统眼光的检验。晒幸福也好，秀恩爱也罢，“裸婚”也好，暗恋也罢，爱情的甜蜜与痛苦，与你无关，与他无关，只与我们有关。爱情的本色，璀璨于大千世界。

这个时代的爱情，是信息化的。手机、互联网，成为爱情滋生、成熟的媒介。即使不在同一时空，爱情，也不再是鸿雁传书，不再是跋山涉水，亦不再是思君不见君的愁闷，爱情在这其中，牵起了两颗相思的心。

爱情这颗古老的种子，播种在这个时代，蓬勃生长，姹紫嫣红。我们的主人公在等待中遇见，我们的故事在年华间发生，也许形式更加多样，也许选择更加自由，但是爱情的主题不会变，“愿得一人心，白首不分离”。不是每一段爱情都可以走向婚姻，但是每一段经历都让我们反思，学会珍惜，走向成熟。

埃菲尔铁塔的祝福

李和怡

在两人的唇碰撞的那一刻，埃菲尔铁塔绽放出耀眼的光芒，照射在两人的身上，也将幸福播撒在他们的心里……

巴黎一恋，如梦如幻（上）

2011 年 9 月 30 日，作为去法国交换一年的学员，Cloé 到达巴黎。这座城市从不乏浪漫，因为她本身就是浪漫。古老的塞纳河水日复一日、年复一年地流淌，巴黎的夜晚在波光粼粼的水面中一点点荡开。在这样一个梦幻的都市，住在每个月租金高达 280 欧的单身宿舍，Cloé 静静地学习着法国文学。

就像是每个初到国外的中国学生一样，差异充斥着生活。不同的学习方式，全法语的课堂，小班教学，打破了 Cloé 对大水课的幻想。因为语言问题，Cloé 不得不上课用录音笔录下来回去反复听；不再是六个人一间拥挤的宿舍，一个人可以在自己的房间里过着“为所欲为”的舒适生活；平日里自己做饭，中国菜、意大利面，甚至在过年时几个人一起做了火锅，Cloé 就这么一边感受着法国人独特而慵懒的生活格调，一边回味着中国文化的温暖。身边熙熙攘攘的都是高鼻梁深眼眶的帅哥美女，走到哪儿都散发着浪漫气息，塞纳河、卢浮宫、巴黎圣母院、埃菲尔铁塔、凯旋门，巴黎逐渐变得真实而丰满。

这样的生活慢慢走到了第四个月。

学校的孔子学院要找中国留学生到另一所大学做宣传，Cloé 很自然地参加了。她负责为法国人起中国名字，并和他们面对面交流。一切看起来就是那么的自然而然，可谁又知道会有个人从此闯入她的世界。

这是两人第一次见面。那天，Cloé 一身法国女人的普通打扮——黑裙子、黑靴子、黑丝袜，站在宣传的摊位处，帮法国人起着中文名字。一个帅气、阳光的法国帅哥 Claudius，和他的好友 Charles 以及 Charles 的中国女朋友走进了她的视线。因为 Charles 非常喜欢中国人，女友又是中国人，所以即使 Claudius 对这种宣传活动没什么兴趣，也被拉来凑热闹。因为还有考试，Claudius 转了一会儿就离开了。Cloé 对 Claudius 并没有特别的感觉。

虽然是走马观花地看了看宣传，但 Claudius 并没有走马观花式地看人。曾经在里昂实习过六个月的他，在那边接触到很多操着独特异域风情法国口音的中国人，在听到 Cloé 说法语的时候，莫名的亲切感油然而生。看着 Cloé 的笑容，他觉得两个人之间不会只有一面之缘这么简单。所以在考完试之后，他又一个人来到了宣传摊位。

在其他摊位心不在焉地转了一会儿后，Claudius 径直回到了 Cloé 的摊位，邀请她去 Charles 女友的生日 party，并且解释会有很多中国人，让她不用担心，在留下自己的手机号后离开了。

交换的第一个学期很快就到“最受学生喜爱”的考试环节了，Cloé 因为要准备，就打电话给 Claudius 婉拒了他的邀请。但两人互留了 E-mail 地址，开始了互相写邮件的生活。

那段时间是 Cloé 人生中的一个低谷。外婆的离去给她造成了很大的打击；从高二一直到现在的男友提出了分手，原本被所有人看好的两人就这么分道扬镳，再加上那段时间因为一些原因，好不容易交的房租没有缴费记录，必须重交，这接二连三的打击使她的心情一度降到了冰点。

所以 Claudius 在邮件中的邀请总是被拒。一次，Claudius 问她："为什么很少联系呢?" Cloé 说因为自己的心情不好，Claudius 就开导她："不要关在自己的小房间里，要走出去。" 在自己的调整和 Claudius 的开导下，Cloé 逐渐恢复了生气，两人之间的联系也日渐多了起来。

但 Cloé 仍旧没有答应 Claudius 的各种邀请，直到 Claudius 的生日。

Claudius 邀请她参加他的生日野餐，想起之前多次的拒绝，总觉得这次不能再这样了，而且是他的生日，所以 Cloé 下定决心，接受了 Claudius 的邀请。这是两人第二次见面。

法国式的生日聚会简单而欢乐，每个人带点儿吃的，放在大餐布上一起吃，一些人七嘴八舌地聊天，一些人玩橄榄球和飞盘，一堆人就这么在公园内嬉戏。中途 Claudius 趁机找借口陪 Cloé 找公园里的卫生间，得到了两人独处的机会。两人边走边聊，聊做饭，聊运动，Claudius 因此更进一步地了解了 Cloé。最后因为时间也不早了，Cloé 要提前走。由于之前 Claudius 各种狂轰乱炸般的邀请使 Cloé 不是很适应，Cloé 曾告诉 Claudius："对中国人而言这样太快了。" Claudius 一直谨记在心，所以 Claudius 只是强忍着要送 Cloé 去地铁站的冲动，假装淡定地答应了一声，只是让 Cloé 到了学校给他发个短信。Cloé 走的时候，听到 Charles 和他的女友对 Claudius 大吼："你怎么不去追啊?!" 可 Claudius 只能无奈地站在原地，目送 Cloé 离开。但除了 Cloé 之外，没人知道那时她的心中闪过了一丝欣喜。

巴黎一恋，如梦如幻（下）

在那之后，两人之间仍维持原状，就是简简单单、平平淡淡，Cloé 每天上课，Claudius 每天实习；两人平常就用 E-mail 交流，聊聊生活的近况，去哪儿旅游，看见了什么美景一类的话题。

这段时间内，Cloé 一边准备学年论文的事情，一边收集着各种在法国读研的信息。4 月 13 日，星期五，索邦大学的开放日。因为找不到能陪自己去的人，Cloé 一个人参观了巴黎索邦大学。这座世界上最古老的学校之一，有着世界上最大的校园和历史悠久的著名建筑，是她梦想的大学。参观到下午 5 点，Cloé 打电话给 Claudius，因为 Claudius 帮了她很多忙，她想请他吃饭以示感谢。

在等他过来的这段时间内，外面渐渐下起了小雨。雨中的巴黎有了一种朦胧的美，阳光已经散去，傍晚被雨水笼罩上一层淡淡的面纱，显得更加神秘。雨越下越大，天也渐渐黑了，Claudius 还在来的地铁上，要很久才到。

Cloé 就跑到了巴黎二大，继续今天的参观之旅。大约到了 7 点多，Claudius 终于打来了电话，原来是因为要一起吃饭太激动，坐错了地铁。等了两个多小时，Cloé 并没有生气，等他到了的时候她还是很开心。

一个是文学女，一个是理工男，两个人跨越国界和文化，聊着生活、兴趣、爱情、经历等等话题，不知不觉就到了九点多。

等两人出来的时候，雨已经停了。夜晚的巴黎灯火璀璨，非常漂亮。两人并肩走向地铁站，地铁快要关了，可是 Cloé 突然说："我们再走走吧。"两人就这么漫无目的地走在巴黎的街头，来到了卢浮宫。

在灯光的照射下，整个卢浮宫显得异常辉煌，摄人心弦。远处的埃菲尔铁塔，仿佛向人们诉说着永恒不变的爱情；波光粼粼的塞纳河，宛如流淌着的恋人的情思。两个人向前走着，融入了画一般的巴黎街头。

突然，悠扬的小提琴声传来，一个金发碧眼的俄罗斯姑娘，手持小提琴，拉动着每根琴弦的思绪。琴声悠扬婉转，细腻动人。两人便停了下来，并肩靠到那个俄罗斯姑娘旁边的柱子上，渐渐地，Cloé 把头靠在了 Claudius 的肩上。Claudius 用两只胳膊搂住了 Cloé，她也抱住了他的腰。两个人就这么站在那里，直到音乐结束。

等到那个俄罗斯姑娘停止演奏，已经过了半个多小时，两个人就这么静静地站着，抱着，听着。那个姑娘要走的时候，她问了一句："Vous être amoureux tous les deux ?"① 两人这时才发现刚才情不自禁的行为，急忙解释两人只是好友。那姑娘也没有多问，收拾好自己的提琴后就离开了。②

这时已经过了零点，街上也几乎没有人了，只有巴黎的建筑静静地伫立在黑暗中，注视着这两个年轻人。

两人又继续沿着卢浮宫向前走，想去看夜晚的塞纳河。聊着聊着，Claudius 聊到了自己的家庭，自己的弟弟，Cloé 说："我是独生女，不如你当我哥哥吧。"刚说完，Claudius 就停了下来，很正经地看着 Cloé，说："当哥就不能亲你了，所以我不想当你哥哥。"Cloé 一时不知道说什么才好，便转过身继续向前走。两人才走了几步，Claudius 又停了下来，转过身，吻了 Cloé 的唇。Cloé 一瞬间大脑空白，但并没有挣扎。两个人就这么拥抱着，如画中巴黎街头的一对恋人，热情，幸福。一瞬间，埃菲尔铁塔亮了，耀眼的白光洒满整个巴黎，洒在两个人身上，也将幸福的温暖播

① 直译是"你们相爱吗"，意译就是"你们是恋人吗"。
② 因为法国人朋友之间拥抱也很正常，所以那个俄罗斯姑娘接受了两人的解释。

进两人的心里。①

Claudius 抱着她，笑起的双眼微微向上，深情地望着她。正当 Cloé 心想该怎么办的时候，Claudius 问她："你愿不愿意做我的女友?"语气中虽然夹杂着一丝不确定，但却是掩藏不住的期待和欢喜。但此时已经是 4 月，不到两个月她就要回到中国，回到她原本的生活。她不敢奢望能有一份美好的爱情，因为更深的爱会让离开变得越发残忍。Claudius 却说："没关系的。此时此刻最重要，不要考虑那么多。"Cloé 的内心开始剧烈地摇晃：理智告诉她这场爱情的结局可能会是悲剧，还不如不要开始；可情感告诉她，上天让他们相遇了，抓住这份爱，无论结果会是如何，只要爱过，这一生就不会后悔。最终热烈的情感战胜了理智，Cloé 答应了。在埃菲尔铁塔的见证下，跨越国界，跨越文化的爱情就这么产生了，不能算是跌宕起伏，却也是如梦如幻，刻骨铭心。

之后两人就这么在巴黎的街道上走走停停，直到第二天黎明。

回到宿舍，已经是早上七八点了，Cloé 难忍疲倦，便一觉睡了过去。醒来时已经是中午 12 点多了。Claudius 也回到了学校，准备自己的实习证明。可时不时他就会想起 Cloé，所以他就给 Cloé 发了条短信："我已经开始想你了，我们梦里见吧。"

周日，两人约好了一起去协和广场听萨科奇的演讲，在激动的现场气氛中，两人一起呼喊着"法国万岁"。过了一会儿，两人从拥挤的人群中挤出来，沿着塞纳河走向 Le Musee d' Orsya 博物馆，在塞纳河的一座桥上，又遇见了那个俄罗斯姑娘，她仍旧带着自己的小提琴，只是这次是路过，并不是演奏。Cloé 很热情地上前去，告诉她他们两人已经在一起了，

① Eiffel Tower 每晚 10 点到凌晨 1 点每个小时都会发出耀眼的光芒，每次持续 10 分钟，1 点时的光最闪耀。

得到了那位姑娘的祝福。

机场泣别，回到“现实”

由于不到两个月就要回国，两人格外珍惜在一起的时间和机会。Cloé大多数时间陪着Claudius，有时间就陪Claudius去上班，只要没课就在Claudius上班的附近闲逛，等他下班一起吃饭。Claudius也总抽时间和Cloé去巴黎的各种地方玩，两人之间越发的合拍和默契让他们坚信对方就是人生中的另一半。

一次，两个人一起去巴黎的迪士尼乐园。那天人很多，天很阴，等待坐过山车的人排队排了很长，两个人就在队伍中慢慢地向前移动。虽然队伍很长，但两人都很快乐，完全没受到外界环境的影响。在队伍中站了一会儿，Claudius对Cloé说：“只要和你在一起，排队也不会无聊。”两个人就是这样，不用话很多，不用一直说，即使是不说话，身边的那个人也会让你感到很安心，很舒服。

听说Cloé喜欢音乐，Claudius就特地带她去他表哥家，听他表哥弹钢琴。三个人还骑摩托车环绕巴黎市区兜风。幸福的日子就这么一天天过去。

只是现实是残酷的，它不会为爱情让步。离别的时间一点点逼近，两人格外珍惜这最后的时光，体味着爱的甜蜜与幸福。走之前，Cloé还给Claudius的父母写了小卡片，感谢他们二位对两人感情的支持和理解。而Cloé的父母更多的是中立态度，但对于两人，这已经足够。

上飞机的那天，Claudius的父亲亲自开车送两人去机场，一路上Cloé一直忍着，没有流一滴眼泪。在候机的时候，Claudius给Cloé唱歌derriere danse①，两个人和着歌曲跳起了舞。两人就这么拥抱着，在机场的一角，和着 Claudius 的歌声，摇晃着，旋转着。Cloé 无法再控制住自己，泪水倾泻，心如刀割。

再动听的歌总要结束，再美的舞也会停止。登机的时间到了，Cloé 回过头，看着 Claudius 离自己越来越远，直到消失在视线中。

11 个小时的飞行，飞机最终降落在离巴黎九千公里外的北京。在飞机上，Cloé 一口气看完了一部爱情小说，喜剧结尾使她的心情舒缓了一些。但一下飞机，又是一次巨大的冲击，眼前的景象并没有带来久违的亲切感，而是强烈的陌生感。北京，这座待了两年的城市，竟变得如此陌生，燥热的天气，灰蒙蒙的天空，冰冷的钢铁建筑，令她不敢相信一切是真的，她真的离开了，她真的又回来了。更何况这里，这里并没有那个人。仿佛一切不曾发生，仿佛一切就像一场梦，梦醒了，便结束了。但她知道，心里的那个感觉不可能是假的，再梦幻的巴黎，也有真实的故事。

两地相隔，信任如初

已经六个月了，自从机场一别，到新一年的春节已经过去了半年。这半年的时光并没有将爱冲淡，反而增添了些许温馨和平和。两人经常在网上聊天，聊生活，聊学习，聊家庭，这九千公里的距离，挡不住两颗炽热的心。除了每天写 E-mail，Claudius 每个月还会寄一封手写的信来，为了纪念那个被埃菲尔铁塔祝福的夜晚。

但有一些事情，总要面对。曾经决绝地离开 Cloé 的前男友，再次出现在她的世界。他说自己很后悔，很想挽回他们之间的感情。只是伤害既

---

① 法文歌曲，最后的一支舞，讲的是一对恋人就要分别的故事。

已造成，弥补又怎么会如此容易。当 Cloé 在遥远的法国，一直打电话给他的时候，他绝情地拒接了她所有的电话。当她需要人安慰，当她需要人倾诉的时候，在她身边的人不是他，而如今，也不再可能是他。

Cloé 不断地拒绝，他却不断地纠缠。他借各种借口约她出来，比如“你的一些东西在我这里，你来取一下”；他总是在 QQ 上找 Cloé 聊天，她几乎不回复，可他总是苦苦地乞求。一段早该过去的感情，就因为执念，纠缠了对方，痛苦了自己。

Cloé 把这件事告诉了 Claudius，他并没有生气，反而很是开心。因为她愿意告诉他这些事，愿意相信他。在回国前的两个月，Cloé 的前男友就曾纠缠过她，让 Cloé 非常痛苦。Claudius 总在她身边安慰她，支持她，相信她。即使当两人分隔两地的时候，他也静静地守在 Cloé 身边，在她需要他的时候提供他所能提供的一切。他总写信来给她打气，支持她所有的选择。在 Cloé 心情低落的时候，仿佛只要一抬头，就能对上 Claudius 坚定而温暖的目光。两人就这么互相鼓励和信任着，度过这不平静的半年。

中国一游，情暖春节

2013 年 2 月 7 日，春节前的 3 天，Claudius 来到了 Cloé 的家。那天晚上，Cloé 的所有家人都聚集到她家，来看这个法国帅哥。大家七嘴八舌地问他各种各样的问题，Cloé 的表哥问 Claudius：“你为什么喜欢我妹妹?”他则表示是私人问题，笑着拒绝了回答。也许心里的答案，只留给她一个人听吧。

虽然一直都很友好，但 Cloé 表姐的问题，还是让 Claudius 生气了。表姐问他两人是怎么认识的，Claudius 认为这是个私人的问题，不想回答，可是表姐进一步问：“你们俩是不是在大街上一遇见就亲嘴了啊?”

Cloé 很尴尬地给 Claudius 翻译，他一听就很生气，用不礼貌的话顶了回去，Cloé 为了平息怒气，并没有翻译。事后 Claudius 很生气，问 Cloé 为什么不翻译，她则认为这样有伤和气，不想一家人闹矛盾。也许在 Claudius 看来，个人的尊重比一家人的和气更重要吧。

第二天，两人到集市去玩，路上引来一连串的人驻足观看。在这个小地方，外国人是很少见的。集市里有各种小吃、民俗饰品，热闹非凡，Claudius 在这里体验到了完全不同于法国的生活方式。大年三十，家里杀鸡做年夜饭，连吃鸡腿都不直接上手的 Claudius 竟然还帮了忙，让 Cloé 大为吃惊。不过中国的春晚并没有引起 Claudius 的兴趣，没看多一会儿他就出去看烟花了。大年初一，Claudius 跟着 Cloé 一家人出门拜年，收到了比她还多的红包。虽然不会说中国话，Claudius 的热情还是让 Cloé 的家人慢慢接受了他。Cloé 的父母曾经问他："你的理想是什么?"他很坚定地回答："永远和 Cloé 在一起。"这个答案，包含的不仅是浪漫，还有一生一世的承诺。

2 月 14 日，两人的第一个情人节，在北京度过。据说 Claudius 准备了各种各样的礼物送给 Cloé，她每次想起来都在笑。只是这是属于他们俩的小秘密，不能透露出去。

岁月静好，细水长流

两人从未吵过架，也许是 Cloé 比较西化吧，两人在许多事情上都有相同的看法。不过对于 Cloé 要使用电饭煲做饭，Claudius 还是不能理解，因为他从没用过，也没见别人用过，但生活方式的差异并没有给他们造成困扰。

很快 Cloé 就要到巴黎索邦大学去读研究生了，不仅曾经的梦想成为现实，而且两人又能在一起了。他们并不像热恋中的男女，一日不见如隔三秋，也不像历尽沧桑的夫妻，平淡如水岁月如歌。这种尊重与信任、平静而又多彩的爱情，因为静好，所以长流。

爱情是热烈的，但终会归于平静。大学中的恋爱，既是美好的回忆，又夹杂着莫名的酸楚。那些愿意迈出那一步的人，成是幸福，散是无奈，终究无悔。唯有面对，唯有坚持，方能在埃菲尔铁塔闪光的那一刻，成就真正的幸福。

希望这两个人，就这么幸福地走下去。

张小娴在《最美的时候你遇见了谁》中写道：

在对的时间，遇见对的人，是一种幸福，

在对的时间，遇见错的人，是一种悲伤；

在错的时间，遇见对的人，是一声叹息，

在错的时间，遇见错的人，是一种无奈。

这个爱情故事是在对的时间，对的地点，遇见对的人吗？恐怕只有时间能够给出答案了……

那个男孩教会我成长，那个女孩教会我爱

延子巾

遇见你，是最美丽的意外

念念认识如川是在广播站。

2012 年的春天，念念还是大一新生，在广播站工作。当时她被安排在编辑部，做一档旅游节目，但部长却要求她做成脱口秀的形式，和她之前预想的大相径庭。而且加上其他的一些不愉快的事情，念念最终决定离开广播站。

如川是那届的广播站站长，听说念念要离开了就专门找她谈话，希望她可以再考虑一下广播站的工作。当时如川穿了一件夹克，戴着黑框眼镜，看起来很成熟，念念甚至还以为他是一个年轻老师呢。但是念念去意已决，如川也没有能够挽留她。后来很长时间他们之间也没有什么再进一步的联系，他们各自过着各自或悲或喜的小日子，在各自的轨道上慢慢前行，就像两条相交线，一旦有了交集，随之而来的便是越走越远。

念念平时不常玩“人人”，只是偶尔登录一下。有一次念念登录后发现有人申请加她为好友，名字叫如川，她还以为是一位年代久远的小学同学，所以就接受了。慢慢地如川开始经常评论念念的状态和分享，但念念

也只是一笑置之。后来如川就逐渐开始约念念，约她上自习，约她看电影，约她吃饭，但念念觉得和如川不熟，更没有那个必要，所以她都拒绝了。

事情突然转变是从念念放假又返回学校的时候开始的。

念念返回学校的火车是晚上 8 点钟的，如川自告奋勇来接她。过马路的时候他护着念念牵着念念的手，念念都没有注意到，过完马路了才意识到，但念念也不好意思甩开他，就这样稀里糊涂地走回了学校。但是回宿舍后念念真的有点生气了，觉得他有点肤浅。正好念念有师兄认识如川，念念就给她师兄打了电话，打听如川的为人到底怎么样，结果那个人铆劲表扬了如川一番。然后在各种好评中，念念也开始渐渐觉得如川这个人其实还挺好的。

接着念念开始准备期末考试，偶尔和如川一起上自习，在无聊的学生会例会上和如川发短信聊天。而他们的关系在这一次又一次的交流中也慢慢近了起来，似乎两条相交线为彼此拐了一个弯，又交到了一起。

考试周过去了，似乎城市的天空都更蓝了，而如川和念念的关系也如那夏花般在经过春天的萌芽后渐渐成熟起来。那天，学生会组织出去义务劳动，他们两个人也参加了。晚上大家在一起吃饭，吃完饭后如川约念念一起出去走一走，走着走着就到了上次如川接念念回学校的火车站。

火车站广场上熙熙攘攘，离别与团聚同步上演，生命中的情和爱在这里毫不掩饰地流露出来。从广场正中间望去，是城市最漂亮的干道，明黄色的路灯一排排延伸下去，这温暖绚烂的小夜晚尽收眼底。

突然念念听到如川颤抖的声音说："跟了我吧"。

其实当时听到这句话时念念的心里突然有一点窃喜，她才意识到自己潜意识里还是很喜欢如川的。不过念念也只是淡定地喝了一口水，看了一眼明黄色的路灯，反问道："你猜，我会不会同意？"

你在我旁边只打了个照面，五月的晴天闪了电

如川说："我猜你会。"

因为如川打心底里觉得他们那时之间的关系确实已经是到了这一步。当时的情节好像不用想很多，似乎他们已经走在一起了，只是两个人都没有发觉，如川自己的那句话不过是拂去了表面一层遮掩的迷雾而已。

其实从当时社团招新开始，如川也只是记住了念念的名字。后来办活动时，如川助理交给念念的任务是写一篇爱情的朗诵稿，当时如川看了觉得挺不错的，一问才知道作者原来就是念念。再后来全体例会时念念的部长告诉如川说念念要退站了，如川就找念念谈了一次话。很显然，念念那时还不知道"如川"是谁，这应该算是他们第一次面对面的交流吧。念念退出广播站之后，有一天如川上"人人"时一时兴起就想搜一下她，系统确实找到一个匹配的人，就申请添加好友了。其实如川手机里一直存着她的电话号，只是一直没好意思联系，因为实在找不到什么理由和话题。

还记得那是一个晚春的中午，他们在"人人"上聊了几句，但是念念突然就不说话了，当时如川还不知道是念念有急事先走了，但对于如川来说，这就给了他一个可以电话联系念念的机会和理由。但他还是挣扎了很长时间，最终，他还是下定决心给她发了条短信："你中午不辞而别了。"没想到，就是这样一句话，打开了他们之间的话匣子，短信一条一条来来往往，也承载着他们之间的心情和感情，而短信也成为了他们日后经常交流的工具。

后来的事情就自然而然了，如川陪她上自习、吃饭、看电影，终于，有了表白。

“其实我自己也不太清楚自己是什么时候喜欢上念念的”，如川说，“可能刚开始有一面之缘的时候就记住了，但只有一个模模糊糊的印象，后面的事情让这种印象一次又一次加深。这种美好的印象一直吸引着我，慢慢让我对念念产生了感情。”

两个人后来说起来，只觉得一切都是生命中的机缘巧合罢了。当时如川给念念发短信念念肯回复如川，是因为她月底短信条数用不完了，而且她正好在开一个无聊的学生会例会，需要一个人帮她打发时间；后来如川约念念一起去图书馆自习，也正好赶上念念因为微积分焦头烂额需要恶补的时候，而这样相互交流的共处，正是培养感情最好的时机。所以说，人间世事纷繁错落，一切都是命中注定。如川那句表白的话，感觉就是自然而然地出来了，没有刻意的准备或是预想，就像两个在路上相遇的人，然后约定一起走剩下的路。

幸福是说不出酸酸甜甜的糖

因为他们都是彼此的初恋，所以刚开始感觉非常理想化，就像王子和公主终于幸福地生活在一起了一样。后来因为念念抱怨没有一个感人的表白，如川还特意给她补了一个很仪式性的告白。找了一大帮朋友给念念拍视频、做短片，在如川自己租的小屋子里摆上蜡烛和玫瑰，正式地在所有人的共同见证下给了念念一个关于整个人生的承诺。

总之，刚恋爱的时候一切都好像是偶像剧情节发生在他们身上一样。他们也很少吵架，觉得世界有彼此就什么都好。虽然如川比念念大两岁，但念念依然觉得等如川考完研自己再考也不迟，仿佛一切都是水到渠成的样子，就像歌词里唱的：“你手掌的厚实感，什么困难都觉得有希望。”

充满甜蜜的日子就这样不紧不慢地晃了过去。大一暑假过完后，念念升到了大二，如川升到了大四，他的考研之路也随即进入了比较紧张的阶段。念念一直认为自己支持他最好的方式就是陪伴，所以每天念念上完自己的课就会去图书馆找如川，陪他做题，陪他看书，陪他在休息的时候放松；为了看管电脑和座位，他们都会轮流去食堂吃饭。

念念整天就是三点一线，宿舍、教室、图书馆，除了陪如川就没有任何课余生活了。应该说，这样的日子对于念念这样一个大二的女生来说真的太单调了。有时候看着别的情侣可以一起游山玩水，念念心里总有些不爽，而且这样难受的心情也不能跟如川说，偶尔跟闺密吐个槽也只不过是如鱼饮水冷暖自知。

但是时间长了，这样的感觉闷在心里反而更让人烦躁。而且念念觉得如川似乎把他所有的精力都放在考研和他的前途上了，很长一段时间里他似乎都没有注意到念念的存在。其实在念念心里，她明明白白地知道如川不光是在为“他”自己打拼，他也是在为“他们”的未来努力奋斗，自己确实应该去理解他并为此付出更多，但是心里却总有一点不甘心，还是觉得很失落，觉得他没有以前在意自己了，自己在他心里的位置可能没有刚开始那么重要了。

后来念念慢慢发现如川开始给她摆臭脸，也不常和她说话。念念很纳闷儿不知道是怎么了，心里想着：“要摆臭脸不说话的也应该是我吧?!”不论怎样，这个事情明显更加剧了念念内心的压抑。那段时间他们的生活和刚开始甜蜜的日子形成了特别大的反差，念念开始怀疑自己当时的选择是不是正确的。如果两个人在一起生活得很不开心，那为什么要在一起呢？终于有一天念念受不了如川的沉默不言和自己的自我压抑了。

念念爆发了。

爱是一段一段一丝一丝的是非

念念爆发后开始跟如川吵架，她说自己才大二，不应该生活成这般无聊和压抑。如川也承认那段时间自己确实把更多的精力放在了自己的事情上，但是这些都是自己作为一个大四的毕业生不得不认真考虑的问题。

其实，更让如川感到不爽和给念念“摆臭脸”的原因是她和另外一个男生的不明不暗的关系。在如川看来，自己正处在人生道路最重要的十字路口上，却突然发现自己女朋友和其他男生的事情，真的让他很抓狂。事实上，从一开始的时候，他们根本没有任何互查对方手机的想法，也从来没有产生过怕对方背叛自己的恐惧，但当事情真正发生时，说如川生气还不如说他是心慌。

事情开始于一条短信。

当时如川正在图书馆自习，因为自习时间久了，就想休息一下，于是就拿起念念的手机开始玩游戏。当如川玩得正渐入佳境的时候，突然念念手机收到一条短信，如川也没有在意，就随便点开看了一眼。而这无心的一看，却让他的心情瞬间跌入谷底，那是如川曾经的“情敌”发来的短信，具体内容是什么如川已经记不清了，但是能够看出来这绝不是什么普通的“问候短信”，如川甚至能感受到话语之间他们的亲密关系。

思考了很久，如川终于忍不住点开了念念的收件箱，才发现从自己开始和念念在一起时那个男生和念念之间的联系就没有断过，他还劝念念说如川和念念不合适，而他们聊到的话题的深度和私密度甚至超过如川和念念之间的对话。“难道这就是传说中的‘男闺蜜’么?”如川安慰自己。

但是当男闺蜜真正地横在自己和自己的女朋友之间时你才会发现，真正关心这段感情的人是无法忍受的，真正的爱情是专一的，而爱情的领域也是非常狭小的。

放下她的手机，如川的脑子一片空白。如川知道自己应该相信念念，他也明白念念和那个男生之间不可能发生什么，但如川还是忍不住要胡思乱想。整整一天如川都没有办法好好复习，很想找个机会问问念念，但如川“偷”看手机在先，这也不是什么很光彩的事情。

这样矛盾的心理困扰了如川很长时间，在这一段时间里，他无心复习，但也不想跟念念说话，每当想起这件事情，心里总是感觉很别扭。最后，在朋友的建议下，他最后还是决定和念念坐下来认真聊一聊这个男生的问题。

要知道，有些猜疑如果一直憋在心里，就算这不是真相，时间长了自己可能都相信了。

宁愿清醒忍痛地放弃你，也不在爱的梦中委屈自己

其实当如川第一次很严肃地问念念和另外一个男生的关系时，念念只觉得很可笑。那个男生只是她一个很好的朋友，以前一起在学生会共事过，人还不错。因为念念一直陪如川在图书馆，所以有时没事的时候，念念会在短信上和他聊一聊，也只是打发时间，她根本没有想过如川会看她短信甚至会怀疑她。这件事情除了让念念委屈外，更让她感到恐惧。让她委屈的是她一心一意爱着如川而他却怀疑自己，而让她恐惧的是两个人在一起却没有了各自的空间，这让她的心里甚至有点窒息。

可是委屈归委屈，若是因为这样一个无中生有的事情让两个人吵得不可开交，念念也实在是觉得一点都不值得。念念给如川作了解释，并保证以后不再会跟那个男生联系，如川也表示愿意相信她。但是就念念自己来说，这样的解决方式就相当于间接承认了自己和那个男生之间是真的存在

关系。后来他们都没有再提过这件事情，也许这样的问题永远都无法真正解决，回避可能就是最好的解决方法了。

但是这件事情明显成为了他们之间更大矛盾爆发的一个导火线，他们回避了这个问题，可能是他们突然意识到他们之间的问题远远不止这一个，也不止这么小，他们之间真正的隔阂可能是各自对于未来的选择。

如川最终在读研和工作之间，选择了父母安排的工作，这就意味着他可能一辈子都要待在这个城市。但是念念真的很想考到大城市去，她并不想一辈子留在这里，她想要更大的空间和世界。而且整整半年念念都陪他在图书馆度日，念念只是觉着想着："我为他付出那么多，最后却是竹篮打水一场空"。

念念不能理解如川的选择。

随之而来的就是无休止的吵架。其实最开始的时候，如川还很让着念念，不管是不是如川的错，他都会主动跟念念道歉。后来因为念念不高兴的次数越来越多，如川也有点受不了了。

一天晚上，如川发给念念一条短信："每次你生气的时候，我都会来给你道歉。我为你改变了很多，但你却从未为我改变"。当时念念就愣住了，心里感觉很委屈。为了他的考研和理想每天陪他在图书馆度日，把自己的生活过得如此单调和压抑，难道在他眼里一切都是我理所当然的么？念念心里很明白如川为这段感情付出很多，但是她也自认为自己付出的总不比他少。那天晚上念念没有睡着，在被窝里默默地哭了一晚上。

第二天念念发短信给如川，提出分手。

你和我手牵手说要一起走到最后

念念跟如川提出分手的时候，如川一下子就傻了。

这么长时间来，无论他们怎么吵、怎么闹，如川都没有想过他们真的会走到分手这一步。“分手”不是一个轻而易举就可以说出口的词，念念能这样提出来，如川一下真的觉得完了，全完了。

下午，念念来找如川，如川着急问念念真实的想法，因为如川真的不相信他们竟然可以闹到分手的地步。念念什么话都没有说，只是给了如川一个瓶子，里面装满了纸条。后来如川才知道，从他们恋爱的第一天开始，念念每天晚上都会在便利贴上写上那天她和如川在一起的心情，他们一起做过的事，他们一起去过的地方，他们一起说过的话，念念都一点一滴地记下来，然后折起来放进瓶子里，准备在如川生日的时候送给他。因为念念提出分手，所以就想把瓶子提前送给如川，就当作是一个感情的纪念吧。

看到瓶子里的内容时，如川真的像是回到了过去，纸上的内容让他也慢慢地记起了他们在一起的日日夜夜。念念的一颦一笑、一举一动都深深地映在他的脑海里，挥之不去。

如川突然就想到，“我们是相爱的，我们的结局不应该是这个样子，绝不。”而如川也发现，不管电话里，短信中他们吵得有多凶，但面对面的时候真的心里一点气都没有了。他们最后还是决定这次坐下来好好聊一聊，所谓心有灵犀也不过是一个童话，两个人在一起必须要有沟通才能了解彼此的心意。

念念后来又给如川看了她自己的日记，如川更了解了念念的想法，发现她所有的高兴与不高兴不过都是围绕着自己而已。大一、大二还处在对未来的幻想中，但大四不得不面对很多很现实的事。说穿了，念念不过是一个沉浸在偶像剧甚至有点带有“感情洁癖”的初恋小姑娘，但如川已经是一个即将步入社会纠结于结婚买房的成熟小伙子了，两个人的关注点不一样，很多看法自然也无法契合。对于念念来说，只是如川所面对的现实和她之前的理想产生了矛盾。

他们一直在纠结是如川付出得多还是念念付出得多这样的问题，但是在爱情中，没有谁付出得多，也没有谁付出得少，只有愿意与不愿意，同样，也没有谁要向谁卑微的请求原谅，重要的是你是否在乎两人的感情。在念念和如川的聊天中，正因为他们都在乎彼此之间的感情，所以他们都可以互相倾听，分析思考，正视自己的错误，包容对方的缺点，这样的沟通让他们都彼此打开了心结。

“说真的，和她在一起的每一个日日夜夜都让我感到很幸福，我们有争吵，有冷战，但却改变不了我们相爱这个事实。只要两个人真心相爱，所有的矛盾都会有方法化解。因为爱，我们犯错；同样因为爱，我们包容。”经过了这一切，如川只觉得他和念念之间的感情更紧密了。

“愿得一人心，白首不分离”，这是每个人毕生的梦想，如川自己也下定决心一定要尽全力保护念念的梦想。如川马上就毕业了，如果顺利的话，他会留在这个城市工作，他们也可以有更多的时间在一起。不论以后会发生些什么，他们一定都会相信彼此的感情，也许没有以前的新鲜感，但是，平平淡淡才是真。

他们只是一对普通得不能再普通的情侣，而这也只是一个普通的不能再普通的大学初恋故事，没有轰轰烈烈、惊天动地，有的只是他们自己的小日子。他们恋爱，他们怀疑，他们吵架，他们反思和学习，他们终于还是倒在彼此爱的怀抱中。刚开始的恋爱，只觉得花前月下，你侬我侬，但是一切的一切都要回归平淡。对于我们甚至大部分人来说，在一起时间久了，就不再是互相吸引，而是离不开了。

世间虽无桃源，只因心有所念，才不至于孤单。有时，正是太多的爱，让我们犯了许多错，但比起未曾为爱做过任何事好太多了，不是么？

每当爱情遇到阻碍，我们要做的不过是倾听对方的心声，两个人的恋爱必须要两个人之间不断地交流和沟通。生命总是给予我们很多机会可以让我们重新开始。重要的是，在感情的错误中反思和学习，慢慢成长，理解爱、学会爱，我们依旧可以把握彼此，温暖爱情。

爱情让人成长，让平淡里都可以开出花来。

君且随意，我自倾杯

林姣

有生之年，狭路相逢，终不能幸免

如羽从来都是一个标准意义上的好孩子，直到遇见凌珂。

如羽至今都不知道自己是怎么喜欢上这个大自己一届的学长的，直到上大学，家里的家训还是“不准谈恋爱，不准乱花钱，不准乱拿别人东西”，但是连叛逆期都不曾有过的如羽，偏偏暗恋着凌珂度过自己整个高中乃至大学年代。

在遇见凌珂之前，如羽的整个学生时代一直是一个根正苗红的好孩子：班干部、学习勤奋、文静内向、认真听话、三点一线式的生活，这些标签下的如羽，就像许多那个年代老师、家长眼中的优秀模板，绝对不会干出离经叛道的早恋之类的事情。可是不会不代表不想，但是最终青春向右，生活向左，明媚的日子最终成为记忆底片，现实或许让我们错过得更多。

最早遇到凌珂学长是在网球场上。就像每个人的青春时光都会出现的那种学长，为人亲切，长相清新，成绩优秀，在球场上会有一群女生尖叫，配上白衬衫和单车，明媚的阳光下有着温暖的笑容。或许年少的时候总喜欢带着 PS 般的自动美化功能看待自己的那位学长，或许走近了你会发现，他也会打游戏到通宵，蓬头垢面几天不洗澡，心中的王子顿时坠入人间。但是许多年后的如羽回忆起相遇的这一幕，仍然肯定地认为凌珂是个王子。或许是如羽真的遇见了一位王子，猝不及防，回眸浅笑。

如羽还记得那天天气真的很好，以至于毕业到了北京之后如羽常常怀念家乡的蓝天，想起那个与凌珂相遇的日子。如羽陪同学去操场打羽毛球，由于学校的条件有限，所以操场几乎是拼在一起的，羽毛球场、网球场、篮球场、乒乓球场相安无事地各占据着操场的一部分。在这种适合制造偶遇的布局下，帅哥打球的时候旁边会多出许多女生一起打球是一种心照不宣的古老桥段。而那次，也是如羽的同学要去打球，因为少一个人对打，就拉来如羽，“正好”遇到了凌珂学长。

凌珂学长是个很好很好的人，这是如羽对凌珂的第一印象。第一次见面，在和自己同学打招呼的同时，凌珂竟然能叫出自己的名字：“你是二十五班的团支书如羽吧？上次看见你代表你班去领奖了。那个，我是十三班的凌珂。”说罢凌珂伸出手，如羽愣了一下，正要伸出手的时候，凌珂却摊开手说：“好吧，和女士打招呼的时候握手是太正式了，一定是我激动了。”

其实在外人看来，凌珂的热情可能只是出于礼貌和习惯，但是对于内向、甚少与男生打交道的如羽，这种热情和开朗有着致命的吸引力。如羽本身没什么体育天分，于是中途自告奋勇去买水，走到买水的商店，如羽却不知怎么，一直以来她都形容自己是“鬼使神差”地帮凌珂买了一瓶水。凌珂倒也爽朗，接过水的时候说：“不好意思刚认识就麻烦你帮我买水。反正今天我同学回去的也早，为了表示感谢，我教你打网球吧。”于是在凌珂的指导下，如羽用一下午的时间，勉强学会了怎么握球拍和挥球拍。如羽自己都觉得不好意思，但是凌珂一直微笑着说还好。最后大家走的时候，凌珂和她说："没关系，我以后再找时间教你吧。"

如羽一开始以为凌珂只是说说，毕竟凌珂是许多女孩子的仰慕对象，平时又在社团和班级有许多工作，所以当凌珂正式和她商定每周末教她打两个半小时的网球时，如羽真的是有点受宠若惊。但是凌珂却很认真地解释，既然已经答应了别人，就要一直教下去，当别人的师傅不能半途而废。凌珂还帮如羽买了护膝和护腕，教她怎么挑网球裙。细心、耐心、信守承诺、热情开朗，这些换作哪个男生都会让女生心动的品质，或许正是让如羽动心的原因。

又或许，爱情是每个人都逃不过的劫，早早晚晚，我们都会遇到这样一个人。这样的故事每天都在上演，这样的青春每个人都似曾相识。

换你心，为我心，始知相忆深

如羽的故事一直都很简单，从慢慢熟悉到成为好朋友，这一切都是自然又平淡。放学路上的偶遇，球场上的明媚笑容，为他留起来的长发，积攒下的共同话题，买发卡的时候也会挑选他喜欢的颜色，每个星期天的网球练习也带上了约会的忐忑。在爱情面前，女孩子也只是孩子而已。这些情愫，简单而又深沉。爱情是最古老的魔咒，写尽了所有少女的小心思。但是如羽也明白，她不是那种为了爱情挑战权威的人，况且当时能够叫作爱情吗？没有表白，没有暗示，而高考作为人生的一道坎，也横亘其中。在前途分道扬镳之时，恋人分崩离析也可以预见，又何况是暗恋呢。

但是，如果不是爱情，怎么会有这么长的羁绊。

一直到凌珂高考，如羽也只是他许多好朋友中的一个。正如如羽所说，凌珂是一个很好很好的人，好到对身边的朋友都很好，好到喜欢上这样一个人也难以分辨出他到底对谁更好一点，好到如羽觉得暗恋都是奢侈。六月份的太阳很快就毒辣了起来，如羽穿上那年夏天的第一条裙子的时候，凌珂离开了母校，离开了如羽的生活。

喜欢和爱到底有什么区别？如羽没有谈过恋爱，但是她也懂得爱是不能轻易说出口的。如羽曾经读到一段话，如果你只是喜欢一个人，那么当他离开的时候，你要继续自己的生活，你就很容易忘记他。高三整整一年，繁重的学业，紧张的考试冲刺，如羽都不曾忘记过凌珂，思念的程度甚至连如羽都始料未及：她一直以为自己只是喜欢，只是年少时期那种单纯的喜欢。可是，凌珂去了南方的大学之后，如羽总是会关注那个城市的天气预报；每次从操场边回教室，如羽总是会默默地一个人站着发一会儿呆；凌珂送给她的网球拍，她用网球服包住放在箱子里。如羽变得敏感脆弱，闲暇时总是在看《网球王子》。如羽也常常困惑，自己是真的爱上凌珂了吗？爱上一个人会这么简单，又这么惆怅吗？

终于如羽也迎来了人生的分水岭：高考。夏天的蝉鸣中有着说不出的焦躁，如羽拿到了自己的高考成绩，所有人都在惋惜，觉得她应该考一个远比实际成绩高得多的成绩。倒是如羽很清楚自己高三一年的状态，很清楚自己的那些思念和悲伤，虽然是那么不切实际，但是如羽就是控制不住。

如羽最终报了北方的一个师范学校，虽然知道这样会离凌珂越来越远，但是即使离得近了又怎样？如羽这样想着，带着凌珂送她的网球拍，动身起程。

但是，冥冥中自有天意，这句话用来形容这段暗恋或许是最恰当不过的。因为，就在如羽在大学度过了一年，以为自己已经忘记了凌珂的时候，凌珂又出现在她的生活中。

低到尘埃里，从尘埃里开出花来

再次见到凌珂是在新生报到时，如羽一个人在绿色帐篷伞下一边发着新生手册一边诅咒为什么这么大的伞还是挡不住太阳，这时候一个熟悉的身影让她的呼吸几乎停顿了一下：凌珂拿着通知书在自己的同学那里注册报到。虽然有些胖了，但是如羽还是能一眼认出凌珂，因为太熟悉，反倒忽略了变化。

如羽一时不知道说什么好，但是很奇怪，从前自己想象过无数遍与凌珂重逢的景象，但是真正重逢了，如羽的心里是那么平静。直到凌珂走到自己面前，恭恭敬敬地喊了声师姐，如羽突然觉得悲哀。自己上大学是变了很多，但是，凌珂竟然一点也认不出来么？许多许多的念头涌现出来，但是电光火石之间，如羽只是笑笑，说："好久不见了，凌珂，怎么连我都认不出来了？你怎么会来我们学校？"

凌珂是去了南方的大学，但是因为专业不如意，在读了一年以后又重新回来复读，直到考取了如羽的学校。如羽一直坚信这是缘分，因为凌珂这次高考的成绩远不如第一次。如果没有凌珂的再次出现，如羽或许会开始自己新的生活，只有在看到《网球王子》的海报的时候会回忆起那一段青葱岁月，或者拿起网球拍的时候会有片刻的恍惚。但是命运没有假设，凌珂和如羽重逢了，凌珂变成了学弟，缘分没有强大到促成这一对特殊的"姐弟恋"，暗恋成为了最好的，也是唯一的选择。

爱一个人会成为习惯，如羽终于明白了这句话。原本以为已经忘记的感觉，重逢后的如羽却依然放不下。本来凌珂就是因为发挥不好才考到如羽的学校，加上为人热情开朗，很容易在新生中成了尖子，很容易就有女生开始对他有好感。凌珂闲的时候也会叫如羽一起出去打球，或者一起出去聚餐、旅游。恍惚间，如羽以为自己又回到了高中，时光仿佛一直没有走远。

当时如羽就读的整个学院几乎都知道如羽一直暗恋着凌珂，实际上没有网络的口耳相传最有效率。有时候大家看到了他和如羽在一起，也会起起哄什么的。如羽常常自嘲自己的脸皮比较厚，但是凌珂总是一副“我们做事光明磊落不怕误会”的样子。如羽不是没有想到过告白，但是，她很清楚，她和凌珂远没有到“朋友以上，恋人未满”的程度，这时候的告白，只能是失去。

在凌珂找到女朋友之前，如羽几乎是凌珂最铁的异性朋友。如羽不知道该庆幸还是悲哀，或许凌珂觉得他们在一起做朋友根本就不会被别人误会，才会和如羽这么要好吧。如羽只能这样站在凌珂身边，痴痴望向他的眼睛，那里却住着别人。

凌珂大一下学期的时候开始追一个女生，渐渐地和如羽没有了太多联系。虽然难过、沮丧，但是从如羽喜欢上凌珂的那天起，她早就知道这一天会到来。和凌珂在一起做朋友这么长时间，如果是喜欢的话早就会说出来，但是不说，就是最好的拒绝了吧？难道凌珂真的迟钝到以为所有人只是拿他们两个开涮而已吗？可是如羽就是着了魔，偏偏喜欢凌珂，偏偏放不下。

凌珂追求的那个女生，根据当时校园小八卦的流传，家里背景非同一般，肤白貌美，气质可人。即使同是女生，如羽也不禁承认，自己与之相比实在是没有什么竞争的资本。但是即使有的话，又有什么意义呢？如羽自己深知，最大的资本就是凌珂的心意吧，况且她不是那种敢于直接追求男生的女生，更别提和另一个女生争取一个男生了。如羽不知道如何形容自己的心态，她内心有祝福的成分，谁让凌珂在自己的心中是王子呢？王子和公主，不是最好的一对么？但是，她做不到放手，若是可以放手，就此忘记了凌珂，又怎么会等到现在呢？如羽形容当时的自己，不漂亮、不突出、性格内向、成绩一般、家境一般，就是那种一眼望去记不住的人，或许与心上人擦肩而过许多遍也不会演绎出什么的人。可是就算再明白，明白这段感情，这个人不值得，如羽心中仍有许多不甘心。

如羽就是从这个时候开始疯狂减肥的。如羽的体重一直很正常，但是那时候的她一意孤行地认为自己没有瘦到“有气质”的地步。在淘宝还没有普及的年代，形形色色的减肥药和按摩膏还没有泛滥成灾的年代，减肥的精髓可以用一个字概括：饿。于是如羽经历了将近一年几乎可以用惨绝人寰来形容的挨饿，终于瘦成了传说中的“纸片人”，同时伴随着各种过度节食的并发症。如羽至今还记得，那段时间，自己即使从宿舍走到教学楼，都要停下来歇好几次，最后发展到了走着走着经常眼前一黑，险些摔倒；脸色蜡黄，说话有气无力，抵抗力极差，头发也掉了很多。几乎所有见到她的人都劝她不要再减下去了，这样真的不漂亮。如羽心中却偏偏不想放弃，仿佛要给这份感情一个交代，尽管她也不清楚这份交代是什么。

如羽大三夏天的时候，学校举办了一个风采展示舞台的活动，凌珂代表广播台作为男主持人。彼时如羽已经瘦了下去，她自己买了票，一个人坐在座位上，穿着一条拖地的长裙子。尽管此时的凌珂已经名草有主，但是还是有不少花痴的女生到现场一睹他的风采。而如羽，听到与凌珂搭档的女主持人调侃凌珂和女朋友的恋情，听到底下女生的尖叫和起哄，突然觉得心情很差很差。如羽在想，她到底算什么，自己减肥的时候那么辛苦都是自己扛的，到头来还是一个人。自己的喜与悲完全与那个人没关系，自己的辛苦，自己那样满满的希望，虽然不切实际，但是破碎的声音，只有自己一个人听得到。

如羽第一次为了这份恋情崩溃，也是最后一次。她开始了暴饮暴食，最终变成了吃多少都不会饱的状态，一年的成果几乎在几个月就吃了回去。如羽得了胃炎，最终发展成轻度胃溃疡。那段时间，如羽的身体被她自己折腾得伤痕累累。

时间，终究会把我们带到对的那个人身边

如羽始终庆幸，自己当时还年轻，自己还错得起。在经历了几个月的暴食之后，如羽最终挺了过来，戒了暴食，也不再拼命减肥了，自己慢慢地把胃养好。也就是那时，如羽开始看淡，懂了有些路你只能自己一个人走，最终还是对自己好比较重要。不能说如羽完全放下了凌珂，可是至少如羽的生活开始将凌珂自动排序为过去式。毕竟，毕业的季节快要来到了。如羽终于合上了这一页，哭过的泪痕也早已干涸，而那条拖地的长裙，如羽也只是穿过一次。如羽常常自嘲，胖了，就不要再穿出来祸害大家的眼睛了。

“有些事情，不是你放不放弃的问题。”如羽曾经这样形容这段感情：“因为你根本就把握不住，所以根本没有放弃的权利。就像一本书里说的，谈恋爱也是求仁得仁，千万别指望从不可能的人身上得到好结果。你想要什么就去找什么人。每个人只有一次青春，浪费是可以的，但一定要懂得止损。”

毕业以后，如羽来到了北京，在北漂这个名词刚刚兴起的时候。她投简历进了一家出版社当编辑，这时候如羽才发现在大学整整四年没有恋爱是一件特别不划算的事情，因为她已经华丽丽地被划入了“剩女”的行列，谈恋爱的机会随着年龄增长在呈指数下降。或许因为如羽的思想始终没有得到及时转变，她一直认为相亲不算真正的“谈恋爱”，而自己真正到了工作岗位的时候才发现，真正年龄合适、门当户对的恋爱对象实在是少得可怜，自己整天被已婚人士包围着。即使单位有年轻职员，也总是不合适。即使有一两个合适的，家里也不放心，觉得不是知根知底的。这时候，就算再不情愿，如羽还是被妈妈逼迫着加入了相亲大军，每次过年过节都像一棵头上绑了红绳的大白菜，被人拍卖。以至于如羽有段时间都不太敢回家，看到家里的电话就打怵。

曾经有一段时间，如羽甚至想干脆找个网友谈场恋爱得了。如羽当时有许多聊得极好的网友，而且她身边又有成功的例子。如羽的同班男生，毕业以后去青岛了，和自己的福建网友修成正果，直接到福建工作。如羽常常就这件事感叹缘分的奇妙。据说她的那位男同学从前经常说自己最讨厌闽浙一带的南方人。但是，如羽不知道，有时候，缘分真的来得很快，只要你足够耐心，就像冰心对铁凝说的："你不要找，你要等。"

如羽就这样遇到了自己以后的老公肖言，在一次相亲中。第一次见面，如羽就觉得怪怪的，直到自己的妈妈一语惊醒梦中人，"你不觉得你和肖言长得挺像的吗?"如羽才发现，自己与肖言长得是有几分相似，这就是夫妻相吧。一开始，如羽对肖言没什么感觉，只是例行公事，吃吃饭，看看电影，一起逛个街。但是很快她发现肖言这个人真的很细心。有一次，她和肖言去逛街，夏天的时候她穿着鱼嘴鞋，鞋底有点硬，那条街新翻的石子路走得她很疼，如羽简直想脱下鞋，觉得这样走得还舒服点，但是又不太好意思。但是肖言和她走到一半，突然指着路边卖手绘帆布鞋的摊位说，"那双鞋很配你的裙子，去看看吧?"说罢拉着如羽过去，却不看鞋上的图案，而是翻拣着，将每双鞋的底子折弯几下，最终挑了一双手感最软的，兴冲冲地问如羽，"你看这双好看吗?"

如羽突然笑了起来，这个男人，明明是怕自己走得累，却问自己好不好看。虽然那双鞋子上的图案如羽不是很喜欢，但是那天如羽还是穿上了那双鞋子，一直走回家。在如羽家门口分手的时候，肖言吞吞吐吐了半天，最后憋出一句：“那个，其实我也觉得这双鞋不好看，你要是不喜欢就扔了吧。别生气……”如羽扑哧一声笑了出来，“你知道不好看啊？那还让我穿?”结果如羽开玩笑的语气让肖言有点慌神，“那个下次咱们见面我陪你去买双好看的……咱们还有下次吧?”

直到肖言的身影消失在街角，一直在窗口看着他的如羽嘴角还带着微微的笑意。那一天如羽的心情似乎特别好，吃饭的时候妈妈问了她好几回为什么总是一个人傻笑。“那种感觉不是喜欢带来的欣喜。”如羽否定了一见钟情的说法，“凌珂在我心中住了这么多年，我接受别人确实是有点困难。可是肖言给我的第一印象太好了，他那种细心、体贴、单纯，容易让人感动。虽然凌珂也细心体贴，但是他只是一种习惯，没有喜欢的成分。可是肖言不一样，其实这种小心翼翼地对别人的好，像极了我当年对凌珂。或者说，在肖言那里，我是公主。”

两人的关系就这样顺理成章地确立了。但是假期结束后，如羽就要回北京了。“大家都说异地恋不靠谱，但是对我们俩来说，一切都很自然。因为肖言是那种内向、心里默默对人好的男孩，但是在谈恋爱的时候，就有点傻，不会浪漫什么的。而我自己工作也很忙，在外面漂着，更多的时候需要的是一种心灵的支撑。所以异地恋正适合了我们俩的性格。”百转千回、蓦然回首，如羽发现原来自己只需要一个简简单单的人，需要一个委屈的时候半夜能打电话的人，需要一个为了自己想吃家乡特产而特地快递给自己的人，需要一个每天按时发短信提醒自己喝胃药的人。因为异地恋和两人性格的关系，如羽和肖言没有过多的花前月下和甜言蜜语，但是感情，或许也累了，需要个窝了，就这样住了下来。

两人在一起以后第二年，肖言主动申请到北京进修培训，开始在如羽身边照顾她。北京堵车堵得厉害，每天，肖言都从自己进修的地方赶到如羽的出版社，再和如羽坐地铁回去，帮着如羽买菜、修电脑，看着如羽按时作息、吃胃药。如羽常常笑称自己那段时间脾气都好了很多，因为有这样一个人对自己好，自己的日子过得温暖又舒心。如羽和肖言，从见面、谈恋爱、订婚、最后结婚，用了不到一年时间，一切都那么顺利、平常。结婚一年后，如羽回到了家乡。

“肖言他，人有点闷，不爱说话，但是心里对人好，脾气也很好，处处让着我，总之是个太好的人，我很幸运。”已经为人母的如羽这样说道。

我一生都在等待你，我却不知道你在等待谁。

完美恋人

王祯

世界上没有完美的人，却可以有完美的恋人，因为爱与包容，会让对方成为你眼中最美的风景。

错过了情窦初开的年纪，依旧避不开缘分的蛊

漂亮女孩，大多容易遭人孤立吧。

小沐，一个娇小玲珑，有着精致五官的女孩，乍看之下，不会给人以惊艳的感觉，但是凭着活泼开朗的性格以及还称得上漂亮的样貌，也俘获了许多少年的心。学生时代，女孩子总是结成一个个的小团体，而小沐的团体只有她自已。

她不喜欢和女生玩，因为女生之间的友谊过于敏感和脆弱，她不懂得如何维系。她是家里的独女，从小被宠爱着长大，自然带着一点高傲和任性；她长得漂亮，但也只是一般意义上的漂亮而已，若是她再超凡脱俗一点，其他女孩就只有心生羡慕而不会心怀嫉妒了。这些因素综合起来，自然而然让她难以融入其他女孩的群体，总是处于流言蜚语的风口浪尖。所以，大学时代，远隔千里之外的阿翼，无疑是那个她可以敞开心扉又可以免去遭人诟病之虞的最佳人选。

阿翼，一个聪明、大度、帅气的男孩。他和小沐，上同一个初中，还是同班同学。只是，在情窦初开的年纪，他和她并没有对彼此怦然心动。中学时代，他们一直都是朋友，但也只是普通朋友，见了面，点头微笑，偶尔寒暄两句，并没有过多的交流。

2011年，他们步入大学，阿翼凭着优异的成绩，去了省外的一所知名大学，而小沐则留在了省内的大学。从此，他的眼前，一树树妖娆的樱花自顾自烂漫；而她的眼前，一片片澄黄耀目的菜花延伸到天际。看起来，生活的列车将他们载往了两个完全不同的世界，但是，或许就是从某次偶然的聊天开始，缘分，终究让他们走进了彼此的世界。

缘分二字，本具有佛性，不该轻易言说，但世间情爱，确有太多说不清道不明的缘由，只好借由缘分，为那些或轰轰烈烈、或缠绵悱恻、或平平淡淡的爱情找一个名正言顺的开端。

阿翼记得很清楚，他和小沐，是在2012年6月30日正式确立关系的。29日，小沐背上行囊，来到阿翼所在的城市。她是借着旅游的名义去的，但实际上，是想借此机会，陪陪阿翼。次日，阿翼带着小沐到处逛，一边逛一边聊，聊着聊着，阿翼冒出一句“小沐，我们在一起吧”。苍白无比的告白，没有情书，没有玫瑰，没有誓言，只是简单的一句话，可是，小沐欣然接受了。

的确，他们之间，不需要太多浮夸的点缀。他们相识六七年了，上大学之后，虽然两地分隔，相距百里，但是，在信息传递如此便捷的今天，他们之间的交流，没有受到丝毫阻碍。小沐一直当他是值得信任的倾听者，而他也愿意和她聊天，久而久之，爱意就在心里渐渐蔓延开来。所谓情不知所起，一往而深，大抵如此。

确定关系后，阿翼顺理成章地牵起小沐的手，陪她逛遍那个城市的大街小巷，像所有体贴细心的男友一样，过马路时护着她，给她买她喜欢吃的零食，在她说累的时候毫不犹豫地背着她继续走……他不记得他们第一次接吻是在哪天了，或许只是在四目相对的一刹那，眼波流转，天很蓝，风很轻，一缕阳光给彼此镀上耀眼的光芒，便让人情不自禁了。阿翼说："记住那种恍惚而又甜蜜的感觉就好，何时何地都不重要。"

包容，是最心甘情愿的付出

有人说，太熟悉的人做不成恋人，因为对彼此的缺点太了解。但是阿翼，他了解小沐，明知小沐有点大小姐性格，却还是义无反顾和她在一起，而后，心甘情愿地包容她。是的，在阿翼眼中，小沐的任性霸道，不过是因为她在本质上还是个小孩子，她还需要更多的爱和呵护来成长。

当然，在确定关系后最初的那段日子，他有意地不惯着她的任性，把握自主权，给予必要的关心，但是绝不会让她过多地影响自己的生活。那段时间，小沐总是不开心，因为他不能在她需要的时候陪伴他。她当然会跟他抗议，但是骄傲的她，宁愿在挂了电话后独自哭泣，也不愿在他面前表现出一点怯懦。

听到这件事，他的心就软了，他开始反思自己，为什么要如此伤害她，她只是想他多陪伴她一点而已。在他还一无所有的时候，她决定和他在一起，他有什么理由不包容她的那点任性。况且，他如果不能让她幸福快乐，为什么要绑住她？想通了这些，他更宠着她、包容她了，因为，他想做一个称职的男友，他相信爱和包容会让她更快地成熟。

小沐占有欲比较强，她喜欢将阿翼牢牢地攥在手里。她讨厌阿翼单独和别的女生出去，虽然他们只是普通朋友。在她的记忆中，会约她出去的男生都是喜欢她、想追她的人，她自然而然地认为女生约男生也如此。阿翼人缘广，女生缘也好，俩人还在不同的城市上大学，阿翼自然不可能随时把小沐带去和其他女生见面。所以，阿翼在这件事上，可费了不少口舌去说服她，让她相信男女之间是可以只做普通朋友的。当然，一开始，小沐会跟他闹，觉得他不忠诚，但阿翼诚恳的态度，终究还是打动了她。又或者她突然明白了，幸福是指尖的沙，握得越紧，流失得越快。

小沐是个害怕孤单的孩子，所以，阿翼总是在她觉得孤单的时候，放下手头的事，陪她聊天、玩小游戏。不过，如果她突然发现了一件她感兴趣的事，她会立刻把阿翼抛在脑后，做她自己的事去。对此，阿翼哭笑不得，毕竟，他无法要求一个像她那样孩子气的人去充分考虑别人的感受。局外人，可能无法理解他的这种宽容大度，但是他自己并不觉得这样是多么宽容大度的表现。她能找到自己感兴趣的事，并立刻投入自己的热情，他觉得很开心；况且，他不怎么需要她陪，他有足够多的事情来丰富自己的生活。

即使有矛盾，我依然紧牵你的手

阿翼对她包容至此，有效地减少了俩人拌嘴吵架的几率，不过，有些矛盾，终究还是不可避免地爆发了。

第一次矛盾，源于一篇文章。

阿翼是个善于思考、善于写作的人。他在大学里，认识了一个和他比较聊得来的女生，便在豆瓣上为她写了篇文章。和小沐成为正式的男女朋友后，阿翼让小沐关注了他的豆瓣，却忘记自己曾经为别的女生写过一篇文章。结果可想而知，小沐看见了，很生气。虽然阿翼写那篇文章时，还没有和小沐在一起，但也是处于暧昧期了，怨不得小沐觉得他脚踏两只船。事情发生的时候，临近国庆节，电话里根本解释不清楚，阿翼就趁着放假去小沐的学校负荆请罪，小沐这才原谅了他。

第二次矛盾，源于榴莲。

一个不长不短的假期，阿翼从千里之外坐车到小沐学校看她。小沐爱吃榴莲，以前都是她自己去买，这次可能是想偷下懒、撒个娇，就让阿翼去给她买。

“可是我在学校每天都忙忙碌碌，又坐了几个小时车来看你，你好歹让我好好享受几天呀。”

“我不管，你要是不给我买，你就是不疼我，不爱我了。而且我一个女孩子在学校，也很辛苦呀。”

“可是我真的很累呀，不想动了。”

……

小沐没有再反驳，只是背对着阿翼，沉默着。比起吵架，阿翼更害怕这种无声的抗议，没办法，谁让他心软呢。他立刻出去买了榴莲给小沐赔罪，两人才和解。

自此以后，只要是去看小沐，他必定会记得给她带榴莲，以博她一笑。

“两个人，像螺母和螺帽般完全契合的，就如凤毛麟角。两个人在一起，本来就是互相磨合的过程，就像博弈一样，双方在为自己争取更大的生存空间的同时，也互相退让，以达到最优状况。”阿翼说。

爱情，有着和阳光一样温暖的主色调

是的，小沐有些任性霸道，但是她的快乐，总是容易传递给身边的人。他们的爱情主色调，是和阳光一样暖暖的颜色。

小沐喜欢笑，每一丝笑意都在他心里种下一缕阳光；小沐任性撒娇的样子，也可爱得让人疼惜。旁观者或许无法理解，但是，这是属于阿翼的纯粹的幸福，是他用爱和包容孕育的幸福。

阿翼和小沐，都带着点冲动不羁，只要想到了，就可以不做过多准备，背起行囊，踏上未知的旅程。

不过，于他们而言，能相依相伴的时间是短暂的，两个人在不同的城市上大学，更多时候，只能通过电话、网络来传达自己的情思。

“阿翼，我想你了。”

“我也想你。”

……

“小沐，天气变凉了，不要总穿裙子了，小心着凉。”

“嗯，知道了，你也要注意保暖。还有，不要总熬夜，要按时吃饭，不然，你的胃又要叫嚣了。”

……

“阿翼，我今天穿了咱们一起去买的情侣衫。”

“嘿嘿，我也是呢，真是心有灵犀。”

……

“阿翼，冬天来了，我给你买了坐垫邮寄过去。还有，那边空气不好，我给你买的口罩要记得戴哦。”

“嗯，你也要多穿点衣服哦。冬天要多吃点才能御寒，不要担心长胖，胖一点会更可爱的。”

……

“小沐，快 11 点了，你快去睡吧，咱们以前约定好的，晚上聊天不超过 11 点的。晚安，做个好梦。”

“嗯，你也早点睡哦。晚安，爱你。”

……

“阿翼，我不怕异地恋，不怕自己一个人吃饭，一个人泡图书馆，不怕想你想到睡不着，我只怕有一天不能和你在一起了。”

……

阿翼在大学学的软件，和代码打交道；而小沐学的城市规划，和艺术打交道。刚开始，两个人没什么共同话题，通常是小沐说，阿翼听。小沐喜欢跟他聊建筑，而阿翼自己对建筑也很感兴趣，聊着聊着，两个人就有了共同话题。

小沐喜欢画画，尤其是建筑物，她送过一本画册给阿翼，上面是各种各样的建筑，每根线条都透着深深的眷恋。

阿翼擅长写代码，他给小沐专门设计过一个小程序和一个网页。小程序是阿翼两天不眠不休设计出来的，小沐可以对着手机，用这个小程序记录下那些她想说、但又不想让阿翼知道的话。小网页其实相当于记事本和计时器，它可以计算阿翼和小沐在一起的天数，1 天……2 天……100 天……200 天……见证着他们爱情的延续。另外，阿翼和小沐可以在网页上写东西，记录他们在一起的点点滴滴。若干年后，再来看今日的种种，应该是别有一番韵味的。当然，网页的地址只有他们两个人知道。

这样的专属甜蜜，恐怕会引得很多人歆羡吧。

你是我的完美恋人

很多时候，爱上一个人，没有缘由，只是因为阳光和煦，那个人突然闯进你的世界，带着你喜欢的气息。

阿翼从来不喜欢用某些特定的标准去衡量某个女孩，然后决定是否和她在一起，更多时候，感觉对了就好。

小沐的身上，带着她独有的单纯、坦诚、善良的气息。“大部分人，见了拾荒老人，都是捂着鼻子匆匆走过，一副唯恐避之不及的表现。可是小沐，她居然亲自去买食物并交到拾荒老人手中。那时候，我觉得她就是一个天使。”阿翼说，“一个会给拾荒老人买食物的女孩，总是会让人不由自主地想要疼惜吧。”

不平静但也没有波澜壮阔，阿翼和小沐，已经携手度过了将近一年的时光。最初，阿翼并没有期待过和小沐的这段爱情要一直到老，因为他之前已经有过三段失败的恋情，白头到老，于他而言或许是种奢望。但是，和小沐一路走来，他越来越觉得小沐就是他的“完美恋人”，“执子之手，与子偕老”再也不是文学作品里才有的结局了。

“阿翼，如果大学毕业后，我们还在一起，就结婚吧！”

“好！”

“拉钩。”

“拉钩上吊，一百年不许变。”

太在意瑕疵，就会忽略美好，不如用爱与包容、去成就一份完美。

缘起，相恋，今生

侯晓娟

他是师兄，她是师妹。

他是部长，她是干事。

他肥头大耳，健硕憨厚，短裤拖鞋。

她清瘦高挑，朴实自然，T 恤牛仔。

他是董小胖。

她是张小婷。

相识便是一见钟“情”

2004 年的南京，同往年一样夏天是火炉，冬天是冰窟。每个北方人刚到这里应该都是这样的感受。

这一年，董小胖同学像每一个从高中步入大学的男生一样，托进校园的行李箱，满满当当装的是固执的年少轻狂、斗志满格的青春梦想，熬夜翘课魔兽啤酒的腐败计划，还有一段高中带上来的恋情，幻想与期待从收到通知书的那一刻起，从未停歇过。

大一，他在院学生会生活部当干事，走街串巷拉赞助，忙碌紧张办活动，加上具有亲和力的开朗性格，业绩自然不错。周一到周五窝在学校里上课打游戏，周末“跋山涉水”与同在南京的女友见一面。好在二人在一个城市，吃饭约会不算什么奢侈的事。

“又有一大波清纯可爱的学妹正在靠近……”每年9月，所有大学校园里都是这种阳光满箩、火力充足、垂涎欲滴的状态，“学姐下架学妹上货”是最平常不过的事了。

2005年秋，依旧南京，古树参天，古城错落。张小婷来到这里，踏进了大学校园。18岁，是阳光洒落在微卷的发梢都会闪耀的年纪，短发素颜，牛仔布鞋，稚气未退而清秀可人。

因为志愿报考的失误，她阴错阳差地来到南京。张小婷是典型的尖子生，学习好，运动强，除了唱歌有点走调儿外一切都显得很完美，骨子里透出的韧劲儿和倔强全都写在微笑时自信的嘴角和永远坚定的眼神里。

又是一年招新时，董小胖已经通过竞选成为部长。虽然没见到本人，但张小婷的活动计划书已经获得了众多部长的青睐。面试时张小婷自然得体的表现让董小胖坚定地和同为部长的朋友说，“这个女孩儿生活部要了”。于是，小婷成了生活部的干事。

所谓“干事”，就是“大事小事总有干不完的事”。她很努力，认真干活似乎像起床后要刷牙洗脸一样成了习惯。工作会细致到活动报告中的剩余用品会写明：剩图钉××个，塑料绳××卷；宽胶带2卷，1卷剩得多，还1卷快没了。

董小胖对这件事赞许有加，到现在还是逢人就讲，常常把张小婷弄得又笑又气。不过他也为自己骄傲，因为没有“伯乐”或许也没有她这“千里马”。

他说：“这个部门虽然应该是我带，但我一直希望有一个人像黏合剂一样作为核心主导这个团队的运作，而张小婷就是这样一个人。她有能力，把事交给她我放心。而且事实证明，她确实做得不错。”

这样的情感或许就叫一见钟情，虽然那也许不是爱情，但至少是一种欣赏、一份肯定、一种信任。忙前忙后的工作，让董小胖和张小婷成了好朋友。

大学里，学生会和社团绝对是结识志趣相投的“狐朋狗友”的好地方。带着或认真或愉悦的心情，安静严肃地共事，叽叽喳喳地玩乐，一起策划、组织活动，讨论争吵熬夜写计划书，豁出“老命”干活，最后看到自己策划的活动一点一点走向成功，会心一笑。

如果你也曾经拖着疲惫的身子熬夜写计划书写到凌晨，如果你精心炮制的策划曾经也被部长严厉否决，如果你也曾经因为砸进所有课外时间举办的活动被同学和老师夸奖而欢欣鼓舞，相信你一定能感受到那样的辛苦、委屈、振奋和喜悦，那一份穿越荆棘的友谊。

分手就像生了一场大病

一切看似都很平淡，但平静的生活总是孕育着大波澜。2005 年深秋，董小胖的女朋友变成前女友。他们分手了。对于分手，他只是轻描淡写说了句，很痛苦。

大学男生分手之后是什么样的？

白天佯装淡定，夜晚喝个烂醉如泥，吐个稀里哗啦，大半夜在大马路上和一群兄弟鬼哭狼嚎。暴躁的打篮球砸篮筐，一副累死不偿命的样子。折磨自己，折腾朋友。深夜是永远无法掀起的大幕，孤独和寂寞就像海水侵蚀海岸一样，一浪接着一浪拍打在心尖。抑制、放纵、忙碌、麻痹，难道真的能够疗伤？但愿可以。

如果没有学习、工作和朋友，天知道他会做出什么事情。朋友们的支持、开导、陪伴，让这段难熬的岁月多少有些慰藉。张小婷也是其中一个，工作之余，在校园里的大操场上边走边聊起这些话题。他诉说着回忆、绝望和迷茫。她在他身边，默默听着，偶尔说说自己的看法，帮他分析为他开导。更多的时候，她都默默的，只是听着。因为她很清楚，在那样的情况下，说什么都是无用，倒不如留下一片自由的空间让他宣泄、释放。或许把憋在心里的苦闷都说出来，慢慢他就复原了。

受情伤的人普遍唠叨，很想找人把自己心里不敢说不能说的话完整倾吐。而一个大老爷们会对一姑娘吐露心声，是因为信任，是真把她当作知己。

当两颗心渐渐靠近

时光匆匆，生活总要继续，不管带着怎样的心情，不管心里还有没有一个可以牵挂的人。这一年，一个固执猖狂的大男孩逐渐蜕变成了成熟深沉的男人。

上帝是个淘气鬼，阴错阳差地让这二人相遇，却又故意似的将他们“分开”。张小婷大二时，搬到了另一个校区，董小胖则留在燕子矶的本部。大二的学弟学妹搬走，留下一个空荡荡的校园和一群准备考研工作的老人家们，这些都让小胖觉得特别凄凉。他开始想念那些学弟学妹，或是有个能说心里话的人已经不知不觉地停在脑海。

与此同时，在另一个校区又发生着什么呢？如果你足够细心一定发现了，大二注定是成长的一年。一屋子的女孩儿都迫不及待地置换掉书生气的衣装，学着打扮自己。张小婷也拉直头发，化了淡妆，打俩耳洞，大耳环，鸭舌帽，半身裙，长筒靴。小女孩历险修行终成大姑娘。效果应该算是积极向上的吧，至少据董小胖回忆，他当时真的下巴都快掉下来了，目瞪口呆，眼前一亮。

幸运的是，学生工作的原因，董小胖每月总会有一两次机会去江宁校区。因为饭卡不能通用所以还会喊张小婷出来请他吃饭。饭后两个人在校园里散步聊天，谈谈近况、谈谈学习，聊聊兴趣，聊聊感情。很舒服，很安心。

董小胖：她是一个非常单纯的女孩儿，落落大方不做作，和她聊天不用思考，不累。

张小婷：他是一个踏实有能力感情很细腻的人，感觉很有安全感。

越长大越孤单，人人都会给心筑一道围墙，保护自己不受伤害。歌词说得好："没那么简单，就能找到，聊得来的伴。尤其是在，看过了那么多的背叛。"相信是多么令人动容的字眼。如果你遇到一个让你感到舒服、掏心的异性，停下脚步想想，或许命定的灵魂伴侣已经在你身边了，要懂得珍惜，懂得知足。

2006年年底，董小胖和前女友分手一年多了。这时，身边的朋友们鞭炮似的劈里啪啦一个接一个都"脱光"了，出双入对。朋友随意一句："你再不抓紧行动，搞不好你的小婷婷也被别人追跑了。到时候你就打光棍一辈子，别说兄弟我没提醒你。"

董小胖虽然表面不在乎，但朋友的话确实让他翻来覆去，静不下来。寒假回家心里总是惦记着这个人、这件事，还有那句话："万一连小婷婷都飞走了？"

友达以上恋人未满，甜蜜心烦愉悦混乱。我们以后会变怎样，我迫不及待想知道答案。一月底的一个晚上，董小胖向张小婷表白了。

文曰："婷婷，这么长时间相处下来，我觉得和你在一起特别舒服，特别安心。……做我女朋友吧!”洋洋洒洒编了一篇小短文，反复按退格，每个字都斟酌了好久，比写高考作文还上心。俗是俗了点，但诚意还是满满的。手抖哆嗦犹豫顾虑到底发不发，终于把心一横点击发送。信息发送中……信息已发送。心脏跳动速度加快，咚咚地快把胸腔撞出两个大洞。难以平复。

黑夜那么漫长，他在失眠，她也在失眠。

另一端，张小婷收到短信后，面红耳赤，脸颊发热。但她并没有立即回复。虽然身边的朋友们都说董小胖喜欢她，她却一直不以为然，突然挑明了，却有点尴尬有点奇怪。如果说还有别的原因的话，那就是，她对董小胖上一段的感情太了解了，也很明白他对前女友的情感有多深，伤的有多痛。他是真心的么？但是说到底，她对董小胖确实有好感，和他在一起的时候像是在一双大大的翅膀下，安心舒适。就这样忐忑纠结了好几天。钟表累了，磨磨蹭蹭地不前进，度日如年。

刚满 20 岁的小姑娘，没有谈过恋爱，有一个你喜欢的男生向你表白了。即使突然，即使顾虑，只要你确定你是真心喜欢他，想和他在一起，一切顾虑和纠结都会烟消云散的。这就是年轻人应该有的激情。这就是青春，永远不对自己的心说谎。

2 月 3 日，“小婷婷正式成为我的女朋友。”他们在一起了。他兴奋得就差在草原上策马奔腾了，她心里的小鹿也该撞得找不到方向了。之后寒假的日子里，两个傻瓜就出现了，对着手机和电脑忍不住地“嘿嘿”傻笑，还遮遮掩掩地不让其他人发现。恋爱中的人都特别傻，其实他们周边的空气都飘着奶油般甜腻的味道，他们却以为可以瞒天过海呢。

这是属于恋爱的季节

从来没有那么期待早点开学，放假的日子都是数着天过的。终于开学了。74 路，从火车站到校本部，坐过好多次，这次尤其不同。董小胖满心想的就是快点见到她，和她说什么，一起做什么。

南京的春天是草青青的季节，街边的花草香，雨后的泥土味。梧桐树托住刺眼的阳光，留下一片阴凉。

他俩的约会的标配：散步聊天，胡吃海喝。

先说散步聊天：一个操场，两杯奶茶，他和她，手牵手，能聊一下午。

另一项约会日程，吃饭。张小婷说他们的约会通常都是吃饭，不吃饭的时候就是想一会儿吃什么。美其名曰“共同爱好饮食文化”，其实就是俩吃货。湖南路上的一家东北菜馆是必须去的，地三鲜特别好吃，还有回味的鸭血粉丝汤，两个人爱到不行。直到现在，一有机会去南京，董小胖还是会打包鸭血粉丝汤带回来给张小婷吃，拿着大口的塑料饮料瓶恳求老板灌满鸭汤，配料打包，飞机托运，带回来给她好好解解馋。这个鸭血粉丝汤是坐过飞机的，价值激增。看到她满足的表情，他也一笑，值了。还有小肥羊，董小胖回忆说，曾经有一个月他真的到了山穷水尽有上顿没下顿的地步，这时张小婷突然请他吃小肥羊，估计那是他人生中最好吃的一顿小肥羊了。那时，他们会花几个小时，一起去尝遍南京美味。吃，就成了他们约会永恒的主题。

现在回想起来，张小婷总是有些抱怨，抱怨那么美好的恋爱季节留下的全是吃的回忆。董小胖变成彻头彻尾的董大胖子。

每个女生大概都会想要一个这样的胖子男友，带自己天南海北吃好吃的，也从来不嫌弃自己吃太多会发胖，多么令人幸福的一件事情。

夏天，他们的第一次牵手旅行，目的地，西塘。当时的西塘还没有被开发，不是现在那个酒吧一条街的旅行胜地，是一个纯粹安逸的栖息地。宁静的镇子，小桥流水，你侬我侬。

还有，他会时不时地帮她偷个考题，写个政治报告，赶赶作业。师兄师妹，亦师亦友啊。

不能每天见面，因此每晚都会保持一通电话。当时她和舍友关系很紧张，让她感受到友情也是会伤人的。这时有胖子这种乐天派的开导多少也是一种宽慰。虽然友谊让她伤心了，但至少还有爱情让她依靠。胖子作为男朋友，也作为师兄，对这些人情冷暖总还是更成熟一点。看到小婷婷被这样的问题困扰着，他也是打心里着急，心疼。

其实，留下深刻印象的事情并不多。他们分隔两个校区，见一面需要两个多小时的车程，每次见面也不是很久，不然回学校就要很晚了。小胖没法送她，女孩子一个人也不安全。一校两区这个制度真的存在很多不可避免的问题。所以那时，他们的感情并没有那么牢固。

纵然我们相隔 1162 公里

2007 年秋天，董小胖去北京实习。四处奔波面试了很多公司，也因为学生时代扎实的专业基础和优秀的社团表现，拿到几份很好的 offer。最后权衡利弊，来到北京，成为企业 500 强中的一家外企的医药代表。他们的恋情也进入必经的考验阶段——异地恋。北京到南京，1162 公里。

实习工作的开始总是很辛苦的，摸不着线索，有劲儿没处使，使劲儿又没效果。刚进入工作的小胖正是最烦躁和迷茫的时候。一千公里外，进入大三的张小婷也非常忙碌，放在面前的多种选择总是要有所取舍，大环境非常压抑，她自然也不会放松。

这对恋人都过得身心俱疲。最累最累的时候，只要想想对方，总还是能涌出温热的力量，和阳光般的正能量。

异地恋最有杀伤力的就是——当我最需要你的时候，你怎么不在我身边。

这段时间，两个人总是争吵。张小婷觉得董小胖不够关心她，他们的爱情太平淡了，一点都不浪漫动心。室友谈恋爱都是轰轰烈烈的，今天送个花，明天放个烟火，她都没经历过。张小婷是初恋，对于恋爱的期待和欲望似乎都没有得到满足。

甚至有时候，张小婷时常在想："你爱我么？你给我的温柔是寂寞么？"自己在一旁落寞伤心，董小胖却迟钝得一点儿都没反应。

或许是他上一段恋情的后遗症，他甚至都不敢付出太多。人被伤过之后总会有些防御措施，这是人的本能。又或许，他已经不想要撕心裂肺死去活来的爱情了，更适合他的是舒服自然的，从喜欢慢慢一直深入到爱的感情，从牵在手里到揉在心里。

他是她的初恋，所以小婷婷到现在也一直对此愤愤不平。

"人家初恋都那么美好，你看看我！"

"一个男人能给女人最好的初恋，就是一段婚姻。"董小胖特别认真地说。

他爱她，她爱他，显然。

即使争吵不停他们也没有分道扬镳。张小婷说："有的时候真的特别失落，看着身边的闺密一个个恋爱特别幸福，我却这么辛苦。但是，心里总还是期待着，想着以后就会慢慢好了吧。特别伤心的时候有想过要不算了吧，但是真的不舍得。我真的很喜欢他，感情在那儿没有逃走，我也不想松手。”

就这样，一路吵架，一路伤心，一路遗憾，也一路包容，一路努力，一路回忆。

我们始终牵手

2008年年底，董小胖留在北京；张小婷面临毕业的选择，理所应当地将北京列入考虑范围，于是开始着手准备去北京读研的事情。正是这一步关键的选择，才为他们日后长久下去提供基础。两个人在一起总是要向着共同的未来一起努力，才有走下去的可能，没有人会期待一个看不到的未来的。

过年的时候，董小胖回到呼和浩特，张小婷在太原。情人节前一天，他想她，于是买了一张去太原的硬座，摇摇晃晃一晚上第二天早上去了太原。董小胖很激动，张小婷很感动。陪小婷婷过了节，也拜见了她的父母。婷婷的爸爸妈妈对小胖很满意，看来张小婷同学平时真的没少为董小胖说好话。

董小胖和张小婷就像踩着协力脚踏车，既然有了共同的奋斗目标，斗志和力量也都被激发出来了。当时董小胖在公司业绩不是很好，很多职场的游戏规则都得现学。他白天在几个固定销售点来回跑，吃饭应酬，晚上就在租的房子里看指标看报表。到了看见数字就反胃的时候，他会给小婷婷打个电话，听到她在很努力地看书学习，为他们的将来奋斗着的时候，他也会充电似的重新振作，继续打拼。

这一段很苦很累，但不得不说也是一个好事，两个人都在忙碌各自的事业和学习，不会再浪费剩余不多的精力研究爱有多深这种说不清的无聊问题。胡思乱想都是庸人自扰罢了。

分开这些日子让他们都更加成熟，更加懂得坚强、懂得靠自己的力量让事情往好的方面发展。2009 年 9 月，张小婷白天黑夜的奋斗终于有了一个好的结果。她外保到北京中科院的一个研究所读研，开始了新的生活。

张小婷的到来对董小胖来说也像是人生的一个转机，事业开始慢慢步入轨道，生活也逐渐平衡。对于他们的爱情也是一个转折点，这以后，他们的日子越过越好。

每周总会有三四天，他都会坐地铁倒公交折腾一路去张小婷的学校找她吃晚饭，两人四处逛逛，然后把张小婷送回学校，董小胖再坐末班的地铁回到租的房子。

说到这里，穿插一个段子。董小胖生日，你们猜张小婷送了他什么？说好听一点是满满的、能够帮助男友通向成功的知识，说白了就是 5 本大砖头似的死沉死沉的书，例如《魔鬼营销人》《职场局中局》这样的职场励志大作。还有一次，圣诞节的时候，张小婷同学提前一个多月就买好毛线和毛衣针，在研究所万分辛苦的工作之余还一针一线地织了一条围巾，多么贤惠温馨的画面啊！段子没有这样结束，事实上，她选择了棕红色，成品围在董小胖的粗脖子上活像挂了一条油腻的腊肠。这姑娘！我们姑且把这样的行为称作简单淳朴，剩余神经大条的部分，请自己想象。

故事继续。

这一年冬天，流感肆虐。学校要求注射甲流疫苗，张小婷打针之后开始感冒，高烧不退。为了方便照顾生病的张小婷，董小胖把她接到自己租的房子里，悉心照料，晚上为她倒水敷冰毛巾，下班回来做饭。张小婷说：“那段时间多亏了有董小胖，否则自己都不知道该怎么办。特别温暖，特别感动。”

在张小婷生病期间，董小胖觉得来回奔走实在是不便，于是自己拿出部分存款，又找朋友借了点钱，贷款买了车。有了四个轮子的交通工具，他们可以经常见面，两个人的小日子越过越好。

刚来北京的时候张小婷的理想生活是，“每周爬一次香山，然后在山上睡一觉，下山。”那年冬天，董小胖和张小婷每周末都会开车去香山，一起爬山，在山上静静待一天，逃离所有喧嚣，再和太阳一起下山。

董小胖的事业越做越好，自己拼搏，家人鼓励，女友支持。“Top Sales”的加冕让他的职业生涯也越发顺利，得到了老板的赏识、同事们的认可。张小婷在研究所的表现也很出色，准备毕业后留在所里继续研究。

今生注定与你相依

平静忙碌的日子总是跑着走的。2011 年 1 月 8 日，张小婷生日。总觉得工作太忙没有时间好好陪小婷婷的董小胖，把两个人的好朋友都约出来为张小婷庆生。突然，灯光熄灭音乐停止，董小胖一早借来幻灯片放音机，开始演绎着两人相逢、相知、相恋这一路走来的故事。“小婷婷，我会成为你一生的港湾，你愿意嫁给我吗?”董小胖一手举着鸡腿，一手拿着钻戒，单膝跪地。

张小婷笑了，也哭了，又惊讶又感动地点了点头，戴上戒指，二人相拥。

董小胖：“那天晚上我一晚上没睡着，我要是可以的话真想冲进 CCTV 在新闻联播里告诉世界我要结婚了!”

张小婷：“我俩这一路走得虽然平淡，但是真的不容易。哪一个人坚持不住都不能走到这一步。当时我真的特别感动，他一点儿都没告诉我。”

后来，董小胖忙着装修房子，买家电，置办家具。张小婷则负责家装布置，门口的地毯、茶几上的水杯、厨房的壁纸、衣柜的收纳盒。女孩儿总是会幻想，一个不算太大却又温馨的家，又大又软的沙发，落地的窗帘，傍晚的时候，暖暖的橘红色透过窗子一缕一缕照进来，照到铺着碎花桌布的餐桌上，我和我爱的人相对而坐，家常便饭，足以。

这俩人上辈子肯定是冤家，买这些零碎的东西也能吵嘴。争款式、嫌人多，总是能有抬杠的话题，也总有一个人会妥协。

生活总是在拌嘴中进行的，感情也是越吵越深。争吵、横眉，但永远没有分手。

2011 年 10 月，他们结婚了。

这段恋情虽然经过很多波折，但终于修成正果。他们收获的不只是爱情婚姻，而是两个人的成长成熟。董小胖退去稚气，凭着自己的能力干出一番事业。而张小婷同学，保持着最初的本心，更加活泼开朗、细心体贴。

青春短暂，快乐、幸福、烦恼、眼泪、不懈奋斗，所有青春该有的热情和挥霍他们都经历过了。岁月的沉淀，让他们更加明白包容和理解，更加积极笃定地走向未来。

生活还在继续，争吵也还在继续。但怎么争吵都吵不散，腻腻歪歪的两个人感情已经非常稳固了。一路波折，未来也许不会风平浪静，但会精彩无限。

他们的恋情、生活都很平凡。

他们现在很幸福。

他是她的老公。

她是他的老婆。

他是董大胖子。

她是张小婷婷。

董小胖说	张小婷说
今天我们结婚了。	今天我们结婚啦！
不错，早晨打了羽毛球，很高兴。	天气很热，但是我们很高兴。
中午又当了劳动人民，	领完证，董小胖没有带我出去玩也没有买好吃的。
炖鸡腿儿豆角，还有西红柿炒鸡蛋。	平时都还有好吃的，今天晚上只吃了剩饭。
技术越来越纯熟。	胖子很胖，希望他结完婚可以瘦一点。
希望张小婷以后洗锅时小心一点，	希望胖子以后不要再欺负我了。
再打碎盘子就没吃饭的家伙了。	不得不感慨，领结婚证实在是太快了，
领证实在太快了，	有点适应不了。
结婚，我请的，9 块钱。	我们俩谈恋爱 4 年快 5 年了，
还发了个 LI-NING 的包包，	没想到还能领结婚证。
张小婷觉得赚大发了。	被他给骗了，亏大了。
我在看指标，	我在看垃圾片，
不说了。	不说了。
希望挣得多一点，	希望日子能平平安安，踏踏实实。
让张小婷吃得好一点，睡得踏实一点。	多吃好吃的，多玩好玩的。
下个目标，有个越野车。	胖子不那么好吃懒做了。
总之，生活还是相当美好的。	总而言之，我挺高兴的。
所有不好的事情都会过去的。	
娶了张小婷，	就这么嫁人了，嫁给董小胖了。
以后的生活就像大白兔奶糖一样。	让喜欢我的小伙子们都伤心吧！
让没吃过我做的饭的小姑娘后悔去吧。	让胖子暗恋的小姑娘们都偷笑吧。

我是大秃头，谁也拦不住我。

张小婷好好给我写个情书啊。

认真点儿，要发自肺腑的。

O了。

我们结婚了，谁也拦不住啦。

我不是煽情的人。

说这么多已经很不容易了。

没了。

轰轰烈烈不如平静。是你，让我的心找到平静和真实。

壁橱里的爱情

沈赋瑀

如果没有贪念，暗恋便是天堂；如果有一丝多余的想法，暗恋就会变成地狱

初中入学要开家长会，宵行和她妈妈一起进到教室四周寻找座位，坐下后发现桌椅上有一层厚厚的灰尘。宵行和她妈妈身上没有卫生纸，就在不知道怎么办的时候，她出现了。

“我有，给你。”

宵行接过来擦了擦桌椅。

后来，宵行得知女孩名字叫淙淙。

开学后，她们慢慢变得熟悉。宵行和淙淙渐渐变成一起上下学的好朋友。两人总是在一起玩耍，每天放学都会留在校园跟一群小伙伴玩闹。她们总是捉弄其他女生，比如故意把一个女孩的自行车藏起来，看着女孩急得像热锅上的蚂蚁，她们躲在一旁偷笑。

她们，是她和她，彼此都是女字旁的她。

淙淙非常喜欢看在她童年时流行的一个动画片——《我为歌狂》，超级喜欢帅哥主角叶枫，总在电视机前面等着，一集都不落下。不巧一次在回家的路上，宵行的自行车链掉了。

知道淙淙一定很想准时看电视，宵行说，你先回家看吧。

淙淙说，没事，把车修好一块走吧。

宵行心里暖暖的。

宵行很早就发觉到自己性取向的问题，努力试过喜欢男生却感受不到男女之间的爱情。但每个人都有爱的权利，每个人都有选择的权利。

初中的时候很流行玩沙包，宵行很淘气，喜欢在班里扔沙包玩，第一天把班级里的花瓶砸碎了，第二天她把老师办公室的一个暖壶给砸坏了。她的胆子越发大起来，发现班里有太多东西可以砸，战地从班级转向老师办公室……

这些简单的回忆，全都被淙淙记在周记上，老师让她把这些事在班里念出来。即使全班捧腹大笑，宵行也不觉得丢脸，只是嘴角微微上扬地看着在讲台上站着的淙淙。

当时淙淙总是对宵行和其他朋友在一起玩的事情“吃醋”。宵行看着她生气的样子，知道自己对淙淙的感情已经超过了友谊，却不敢表白。升入初三，淙淙越来越依赖宵行。

有一天，淙淙对宵行说，我们是好朋友所以我们应该牵手。宵行当时没有想太多，只以为是友谊的象征。现在回想起来，宵行觉得那时候真幼稚。她是一个不太爱表达的人，可能因为自己家庭的关系，一直觉得自己是个孤单的人，和淙淙手拉手让她第一次觉得照在身上的阳光是有温度的。

宵行知道自己心中发生的变化，却不能和任何人说；知道自己喜欢淙淙，但是绝对不会去跟淙淙表白，生怕被从天堂打入地狱。可能因为自卑，可能因为同性恋不被认可，可能……宵行只能把这份感情藏在心中。

同性恋之间的爱情无异于异性恋，同性恋的生活却比异性恋的艰难许多，他们身边会充斥着很多的歧视和偏见，这些烦恼可能要伴随他们一辈子。

淙淙：我们买个戒指来代表我们的友谊吧。

宵行挑了10块钱的戒指，戴在彼此的无名指上。两个人一起上学、放学，周末会逛逛公园。家里没人的时候，偷偷打电话给彼此，与对方总是有说不完的话。对宵行来说，这大概就是恋爱的感觉吧，但是她却只能以友谊之名爱着一个人。

毕业前，淙淙问宵行：你没觉得你很依赖我么？不怕对我产生别的感情么？

宵行：不怕啊。

淙淙：我也不怕。

淙淙的勇敢给了宵行勇气，让她愿意说出实话，两个人正式确定了恋爱关系。宵行的人生仿佛有了活下去的意义，淙淙就是她的一切。淙淙邀请宵行去家里住一宿就像是过上一辈子。两个人躺在床上，梦想着一起上同一所大学，过上幸福快乐的日子，像所有的童话故事结尾一样。

手心忽然长出纠缠的曲线

初中毕业后，虽然两人步入同一所高中的校门，却在不同的教室上课。宵行搬家了，她们依旧一起上学，宵行依然每天早上会骑车去接淙淙，对她们来说维持这段感情不容易。

课间休息，淙淙都会要求宵行不能跟别人玩。宵行不认为情侣必须时时刻刻都在一起，她有时会和淙淙沟通，但有时也会发生争吵，冷战一段时间，最后宵行都会主动认错和好。一段时间过后，宵行发现淙淙越来越喜欢到自己班上来，有的时候还会问起宵行班上一个帅气的男孩。她知道淙淙又犯花痴，但是不以为然，因为她相信她们的爱情，相信淙淙。

在一个异常寒冷的早晨，宵行因为感冒，只好打车去淙淙家接她一起去上学。到她家楼下等了很久都没有等到淙淙，在寒风中站了半个小时，最后只好一个人去上学。宵行没有等到淙淙一起上学，心情糟透了。

一下课宵行就跑到淙淙的班级。

宵行：你怎么今天没有等我一起上学？

淙淙：今天做值日就提早来学校，所以没有等你。

宵行没有疑心淙淙的话。

淙淙：放学我送你回家吧。

宵行开开心心地上了一天的课等着放学。到家里的停车场，淙淙突然亲了她一下，宵行觉得彼此的感情又进一步了。虽然她知道淙淙很多时候不让自己和朋友在一起，觉得淙淙烦人，但是她觉得只要两人能永远在一起，一切都值得。

青春就是一场绽放着绽放着就醒过来的梦。一天，淙淙跟宵行说："我喜欢上了你们班的一个男生，我不想瞒你了。"宵行一开始以为她是开玩笑，可是当淙淙哭着说她没开玩笑时，宵行难过得哭了。

"昨天不是还好好的，为什么今天就变成了这样？我那么相信你，从来没怀疑过你，你为什么这样！"

淙淙开始给宵行解释："那天没等你一起上学是因为我给你们班那个男生送早餐去了。"宵行觉得整个世界就像一个天大的笑话。"自己生着病还不忘要和她一起上学，她却给别人送早餐去了。她从来没给我送过早餐。我觉得全世界的人都知道了，只有我还不知道，还要听她亲口说出来。"

宵行边哭边说：别分手，我求你回来行么？

淙淙没有表态，但是两人的关系却越来越远。宵行感到好难过。

"世界好像都崩塌了，好像只有我一个人。"淙淙对宵行越来越冷淡，不理睬宵行。淙淙和那个男孩走在一起，她在远方看着这对男女的背影。

过了几天，宵行的一个初中男生同学 Dynasty 叫她一起出去散散心，Dynasty 听宵行讲完她和淙淙的故事，Dynasty 安慰着宵行。

他说："我教你抽烟吧。"

宵行就这样学会抽烟。"不管谁和我说话，我都还是觉得难过的要命啊。”她开始自残，有的时候就和 Dynasty 一起抽烟，生活得恍恍惚惚。宵行还是会在远方看着淙淙和其他男孩在一起。半个月后，她觉得是该放弃的时候了。

她到淙淙家楼下想谈分手，在楼下哭。淙淙从家里走出来吓了一跳。淙淙要去买《青年文摘》，宵行就陪着去了。

一路上很沉默，直到……

淙淙说：我们和好，像以前一样吧。

宵行：为什么？

淙淙：因为世界上再也找不到比你更爱我的人。

宵行答应复合。

复合之后，淙淙曾经的背叛在她的心里挥之不去，宵行被这个挥之不去的梦魇压得喘不过气。淙淙也感觉到她的心理变化，很害怕宵行会离她而去。淙淙发现以前宵行会为她做的事情，现在却不做了。她开始会对一些事情说谎，淙淙渐渐害怕，两人便一次次爆发争吵。有时宵行会觉得淙淙可怜，她多想回到过去，但谈何容易？

宵行想和淙淙分手，淙淙害怕宵行会真的不再管她，便威胁要把两人关系公布。宵行害怕让大家知道她们的关系，便求淙淙说：“什么事都依你，分手就依我一次吧。”壁橱里的爱情一直躲在阴暗之中。闹了好久，最终淙淙放弃了，她和她分手。

“我想爱情真不是个好东西，每次在学校或是街上碰到淙淙，我们只会互相瞪对方一眼。”

“每次想起她，都会觉得很委屈，然后哭一通，觉得自己很受伤。走在大街上也会想，会不会再遇见？每次听到《流年》这首歌都会觉得很伤感。”

有生之年狭路相逢终不能幸免

手心忽然长出纠缠的曲线

懂事之前情动以后长不过一天

留不住算不出流年

如果两个人注定在一起，最终他们会找到重温旧梦的路

宵行爸爸同事的女儿也是同性恋，第一次见面时她主动问宵行，你是不是T？宵行很不好意思地承认。这是一个新的开始，宵行开始愿意承认自己是同性恋，壁橱的门也慢慢打开。

“慢慢长大后，我觉得为什么要害怕呢？我们跟异性恋的区别只在于性别，我越是害怕就越证明我自己都不能正确地面对这样的感情，又凭什么奢望别人理解，所以那会儿我尝试着改变，变得自信一点。”

偶然的机会，她邀请宵行去参加附近地区的Les聚会。参加Les聚会后，发现这个社会存在很多与自己相同的人，有共鸣而且感觉很温馨。但是宵行发现这个群体里有一些思维定式，比如P需要给T花钱等等，宵行发现这个圈子的爱情观和自己的不太相同，就不进行更深的接触。虽然是同性恋，但感情却无异于异性恋。

高中毕业，宵行很期待大学的生活，想做一个崭新的自己。大一期间，高中同学芳雪开始和宵行联系，芳雪刚单身就会约宵行出去玩。一个学期后，宵行希望能有个伴儿，最终答应芳雪的追求。

宵行很感谢芳雪没有像淙淙那样同她声嘶力竭地吵架，芳雪无论如何都不会威胁自己。宵行认为自己有义务让芳雪开心，便会每天给芳雪折一个星星，里面写上给芳雪的话。坚持了半年多，宵行把星星都装在一个瓶子里送给她，芳雪很感动。

宵行说："等我们在一起很久很久的时候再慢慢拆开吧。"

虽然宵行嘴上和芳雪这么说，其实心里却认为："我不觉得我们能在一起有多久。之后我能感觉出来她越来越离不开我，对我的感觉一下从最初的不温不火变得特别热情。我觉得很愧疚，因为我对她还是没有感觉，我试着去喜欢但是没法轰轰烈烈了。我清楚我不爱她。"

两人相处时，芳雪会跟宵行说："你有点主见，爷们儿一点。"宵行对这一个建议却不能同意。"我是女生，无论我再爷们儿也无法改变这个事实。既然我改变不了，我就应该接受自己的所有，包括优点缺点。既然是同性恋，那我变得跟个纯爷们一样，这跟你和一个男人谈恋爱有什么区别？我始终觉得女生和女生在一起会更了解对方，因为我们都是女生嘛。如果我死乞白赖想当个男的，那我可能是真的有心理疾病了。"

芳雪身体不好，和宿舍的同学关系也不融洽。宵行觉得不能让她受委屈，所以就在她们学校附近租房子。宵行开始周末去打工，这样一个月下来就够付房租了。平时上课，周末兼职，宵行一天下来筋疲力尽，每天特别早就上床睡觉。

芳雪总对宵行抱怨：我在学校就不怎么说话，好不容易放学了，想跟你说话你还不理我。通常她这样讲的时候宵行已经睡着了。

这些日子高中朋友偶然提到淙淙的名字，让宵行再次回想起和淙淙在一起的日子，心里还是充满着恨，每次想完都会很伤心，还是觉得委屈。某一天，宵行翻出与淙淙以前的东西，以前写的约法三章，买的10元戒指，分手的纸条。

“想哭，好难过。那时也许她是真的很爱我，甚至能想象她在写这些话的时候扬起的笑容。”

宵行把所有的纸条都看了一遍，看着曾经的戒指都已经泛黄，有一种回到过去的感觉，好像我们昨天刚吵完架而今天要去向她道歉，一下觉得自己像个傻子。这几年总在不断提醒自己要去恨她，真正恨一个人不需要这样，没有爱哪来的恨。一整天都提不起精神，就是突然想问她一句：你好吗？

一枚破旧的10元戒指，右眼纠缠手心线，左眼分离平行线。

在宵行“人人”的首页上，会出现共同好友的信息，有时候会出现淙淙的名字。一次冲动，点进去淙淙的首页，怀着忐忑的心情给淙淙留言说："这几年怎么样？还恨我么？"当时宵行很紧张，迅速关了网页。几天后才上人人看到淙淙的回复："怎么会呢？早不恨你了，那时候小不懂事。"便在人人上互相交换电话号码，了解彼此现在的生活。

淙淙约宵行出去玩，宵行犹豫了很久还是答应了，吃饭还是去淙淙喜欢的汉堡王，聊聊淙淙现在的男朋友，芳雪也让宵行和淙淙好好谈。两人聊起过去。

淙淙：其实你一直都是我最爱的人，你之后我对他们只算的上是喜欢。

宵行心想：其实我又何尝不是这样，感觉那两年好像用完了自己所有的感情。

充满回忆又愉快的晚餐结束后，走到地铁的时候，宵行："我们再像以前一样牵一次手吧，就当怀念一下曾经。"

两人分手后，淙淙也谈过几任男朋友。Les 的初恋会深刻影响自己的性取向，影响自己的一生，就像淙淙走回宵行身边。当她们手再一次牵在一起，宵行觉得一切都不重要，自己还是那么喜欢她，好像中间不在一起的四年是空白的，吵架就是昨日的事，恨也是爱，爱的感觉全部被召唤回来。

淙淙："拥抱一次怀念一下吧。"宵行摇了摇头。

拒绝是怕控制不住自己，但想念确实一发不可收拾。两人的交流越来越多，宵行开始计较芳雪的行为。当感情中出现“比较”，那就证明这份感情已经变质了。那些日子宵行和淙淙频繁地见面，越是见面就越想和芳雪分手，宵行决定和芳雪说实话。

晚上睡觉宵行瑟瑟发抖，芳雪就往她身边靠，宵行感觉到就躲开。隔天早上芳雪给宵行留了纸条：“我不知道，即使冷也不愿意靠近的两个人在一起还有什么意义，所以我决定离开。”

宵行感到内疚，但是爱情怎么可能控制，能控制的感情不叫爱情。宵行和芳雪在一起三年，一点儿不难过是不可能的，但是宵行认为，“我不能跟我一点儿都不喜欢的人在一起。”宵行为了对芳雪的感情表示尊重，她决定单身一阵子，过 4 个月后再重新和淙淙在一起。

宵行觉得相爱的人本不该分开。到大学最后一年，宵行带淙淙在她们学校一起玩，认识宵行身边的朋友。有时候淙淙也会任性，惹宵行生气，但是当宵行看见她的时候就不生气了，就会觉得喜欢的人在身边真的很幸福。

做幸福的两个吃货，到处吃美食。

淙淙：我恨死你了。天天就会吃好吃的，我胖了很多。

相爱的两个人不就是应该一起变成小胖子么？

2011 年淙淙生日的时候，宵行给她买蛋糕。

店员问她：“这是做给你女朋友么？”

宵行犹豫了下，说：“呃对啊。”

店员："没事，在我们这不要拘谨。"

世界上有更多的人理解同性恋，阳光好像更热烈些了。

"有一部电影叫《前度》。我们就像那两个人一样不管因为什么分手，多年后还是回到对方身边。那些听不懂的歌看不懂的电影，都慢慢地懂了。现在我们住在一起，也有说不完的话，我才知道原来不是爱的问题，是人不对。"

宵行和淙淙在人群转一圈之后还是回到原点——彼此的身边。

宵行问："你怎么那么任性？"

淙淙："对，都是你惯的。"

宵行觉得很幸福，她知道爱情不只是只有爱，更需要包容和退让，很多时候都跟爱无关。因为爱对人才是真正的爱情，以后的事我们没有办法把握，我们无法承诺未来。我想做的，只是在漫长的人生中，抓住只属于我的她。

If two people are meant to be together, eventually they'll find their way back. ——Gossip Girl

同性恋的爱情无异于异性恋的爱情，也会有爱、争吵、背叛、和好。但是同性恋的爱情更多了些压力，不能说出口的无奈。

最不懂的年纪，却遇见最美好的爱情

赵抗抗

1999 年 8 月 20 日，这个日子陆朋记得特别清楚。夏末，阳光却依然强烈，透过校园里的片片树叶在地上洒下斑驳的亮片，每一片都带着灼热的温度。吵吵闹闹的教室里，每一张汗津津的小脸儿上都写满了新奇与激动。三年级开学的第一天。那天，一个顶着可爱 BOBO 头的小女孩儿成为了陆朋的新同桌。陆朋抬起眼皮悄悄打量：红扑扑的小圆脸，单眼皮，小鼻子，怎么看怎么可爱哟。呀，还有两个好看的小酒窝咧。陆朋的小脸儿也红了。

“你好，我叫小恬。”

“哦——我叫陆朋……”

在最纯真的时光，情窦初开

1999 年，陆朋踏入开始寄宿生活的三年级。也就是在这一年，8 岁的陆朋与 9 岁的小恬，初识在纯真的校园。记忆中童年是鹅黄色，温馨而纯净。女孩的笑容，是记忆中最美的画面。

那是一所私立小学，虽说费用昂贵，但优异的教学成果还是让这里生源爆满。能在这里无忧无虑学习的，都是家里条件比较好的小孩子，比如说陆朋。陆朋很喜欢这所学校，没有如山的作业，没有无尽的唠叨，还留下了纯美懵懂的爱情。

小孩子总是有办法在半天之内就熟络起来，最常用的策略就是分享好吃的和好玩儿的。抽屉里的书跟零食小玩意儿相比，绝对败下阵来。小恬家里的条件自是不错，又是独生女家里宠得紧，所以总是有很多零食吃。不过这些零食后来多半进了陆朋的肚子里。只要是小恬送的东西，陆朋就全部收下，即便是喝了会闹肚子的“热销”汽水。

小孩子之间的感情就是这么单纯简单，跟你在一起很开心很美就是我喜欢你，你对我好我就更喜欢你了。一起玩耍做游戏，一起在课堂上打瞌睡，一起吃校园门口的红豆冰，一起穿着校服做各种傻事，有什么比这些更让人开心呢？

美好的日子总是特别短暂，三年级下半学期，两个小孩的座位被调开。倒不是因为老师发现了什么，只是希望同学们可以扩大自己的朋友圈。但调桌是挡不住感情交流的，特别是两个互有好感的孩子。他们开始了“传纸条”这项“非常神秘”的活动。每张字条的“营养价值”都不高，但两人每次都认真写认真看。纸条传得太多导致陆朋每个星期都要买新本子。当纸条进化到情书的时候，班里也开始刮起“情书风”，基本上都是男生写给喜欢的女生。五颜六色的印满桃心的信纸带着一份份纯真的感情悄悄飞进女孩们的桌兜里、书包里、书本里。可是很多女生收到不喜欢的男孩的情书就上交给老师，打碎了不少纯情男孩儿的玻璃心。

陆朋给小恬的第一封情书是这样的：

小恬你好：

从开学第一天我就觉得你很可爱，我很喜欢你，你能接受我吗？

星期一

在结尾陆朋并没有署上姓名。或许是期待小恬能猜到他，或许是怕小恬拒绝自己而丢面子，再不然就是怕小恬看完后就不跟自己说话了，先前可是有其他哥们的“惨痛教训”的。

我最初的思念，都是你，都是你

初中，很青涩、很稚嫩的年纪，是抱着微风轻旋的裙角衣衫，是掉落在书包上的细碎阳光。等上了初中，对感情这方面的事情就比小学时多懂了一点点，于是异性同学之间多了些朦朦胧胧，男生女生都开始有意回避，再也不像小时那样不分你我地玩耍嬉戏。陆朋在本市上私立初中，周围的同学大部分还是熟悉的人，虽然一起笑一起闹，但是陆朋快乐不起来，因为小恬告诉他：“我要去北京读书了。”

陆朋心里不舒坦，开始变得沉默。也许那时候没有真正懂得什么是情伤，但就是提不起精神，很失落，很难过。“小恬，以后真的再也见不到你了吗？”年纪小小却心理早熟的陆朋，眉头深锁。可是缘分是很奇妙的，有的时候觉得丝线已断，相见甚难，然后却在不经意间发现，那根线超乎想象的坚韧而绵长。

“小恬没有去北京，在另一所私立学校呢。”当陆朋从朋友那里无意中听到这句话时，有一瞬间的惊讶，但紧接着，陆朋眼睛亮了好几度：“真的吗?！太好了！……你帮我送封信吧！”于是，这位给陆朋带来“福音”的女同学，就成了忙碌的信使，而“报酬”就是两人通信的全部内容。陆朋不在乎信件内容外泄：“我就是喜欢小恬，不用隐瞒什么。”

就像大多数爱情一样，甜蜜之余，必定是有苦涩的。初三的时候，小恬还是去了北京，最糟糕的是，没有留下联系方式。陆朋觉得自己跌入了谷底，混沌迷茫。这次，是真的走了，真的见不到了，听不到她的声音，看不到她的笑脸。很受打击的陆朋决定把自己封闭起来，所有心事都说给日记本听。他每天匆匆吃过晚饭后就赶到教室去写日记。那时候班里没人，陆朋觉得很安静，很自由。钢笔一笔一画写下的，是自己对生活的感悟，是对小恬的深深思念。“我最初的思念，都是你，都是你，你听到了吗？”

不管我变成什么样，我希望你一直喜欢我

青春期的小伙子，心中难免躁动不安，希望在别人眼中是个特别的存在，就像《坏蛋是怎样炼成的》里的角色一样。那时候，只要是男生，就一定知道这本书。最常见的，就是几个男生合伙买来厚厚的一本，然后撕开来轮流看。陆朋跟几个要好的男生看书看得热血沸腾，觉得里面的人物非常厉害，如果成为那样的人，一定很受欢迎！所以中考落下帷幕后，一直成绩优异、看起来安静本分的陆朋决定彻底疯狂一回！这本就是个疯狂的年纪！他们开始模仿里面的人物，最爽最常做的事就是纠集几个哥们儿，对看不顺眼的同学一顿拳脚招呼。模仿“坏蛋”行为的同时，在外形上陆朋也没少下功夫，长发飘飘外加大中分，经典动作就是向上吹头发帘加甩头；嘚瑟地打上摩斯，再配上花里胡哨的背心和大裤衩，“帅”得让身边人下巴掉了一地。

久别重逢，你一直是我眼中最美的风景

陆朋渐渐地变成人们眼中的坏孩子，着装怪异，痞气十足，但是唯一不变的，是对小恬的思念。太长的思念，太远的距离，太久的失联，让这

份感情沉重又缥缈。再这样下去，或许他们就会走散在人群中，祈求转机的陆朋开始了不断的寻找。“我多么希望你从人群中走出，来到我面前。”

陆朋申请了好多个 QQ 号码，每个号码的昵称都是“寻找小恬”，只要是遇到年纪相仿的北京女孩，就申请加为好友。他经常在网吧里挂上所有 QQ，就是希望有一天能找到让他想念了那么久的人。真心，是不是真的有感动上天的力量，让两人再次相聚？

那天陆朋又出去通宵上网。后半夜的时候，同学帮着挂 QQ，陆朋自己去睡。结果第二天早自习的时候手机上收到一条陌生号码发来的信息。当时陆朋以为是那帮闲人朋友中的某一个“调戏”自己，回复的语气就很糟糕，结果被对方质问“你怎么变成这样了”，之后只有“小恬”两个字的短信，毫无预兆地闯进了陆朋的眼里、心里。那两个字，陆朋沉默地盯着看了好一会儿。“上天，你是听到我深切地呼唤了吗？”

之后两人之间的联系就没有断过，好不容易寻到了，怎么会给她离开的机会。两颗青春的心，在不时邮寄过来的信件和几乎每天都会通的电话中，越贴越近。那时候手机话费还很贵，于是陆朋就买来电话卡，每天都会在公用电话旁排队，每次都会将卡上的钱打完才不情愿地挂掉电话。超长的通话时间让陆朋“赢”得了不少人的白眼，不过他不在乎，只觉得那段时间的生活真是滋润：每天听听电台，打打电话，再跟同学扯扯闲篇儿，真的很幸福。但不如意之事也有。自从陆朋“堕落”之后，学习不再是重点，成绩便一落千丈。父母免不了要说教上几句。但青春期男孩的面子大过天，越是说教就越是不好好学习。其实，当一塌糊涂的成绩摆在面前时，陆朋也会很受打击，但想到还有小恬陪在身边，其他的都不那么重要了。

高一春节，小恬要从北京回来过年。一想到终于可以和日夜思念的小恬见面，陆朋晚上睡觉都会笑醒。陆朋不断幻想着两人分别这么久之后第一次见面的情景：或者各立一方，绵绵地深情对望；或者牵手漫步，偶尔的相视而笑。小恬现在是什么样子？是不是变得更可爱漂亮了？我们会拥抱吗？会……陆朋每天发呆的次数明显增多。为了这次约会，还费尽心思地打扮了一番：时尚的哈伦裤和大头皮鞋不能少；只要风度不要温度，大冷天上身就穿了一件夹克；仔仔细细梳理了长发；还买了人生中第一把刮胡刀。

终于要见到美美的小恬，预想的浪漫场景在等待心上人的陆朋脑中不断变换。但真正见到小恬的那一刻，这些场景却统统消失不见了。之前“波澜壮阔“的心，霎时变得平静，天地间只剩下美美的小恬。两个人在滨河公园的小亭子里聊了很久。即使冬天寒风那个吹呀，心里也是暖融融的。小恬说：“陆朋你变了，跟以前真不一样。”陆朋看着小恬亮亮的眼睛，开口：“我愿意为你变回去。”

陆朋的成绩不好，但是他一直有一个梦想，就是能考到小恬所在那个城市——北京。即使后来小恬因为家里的原因从北京回到了本市，陆朋也还是想考进北京的大学，不过这次，是要跟小恬一起。小恬从北京回来后，本来是要读高三，但是觉得跟不上课，就说服父母让她从高一重新读起。陆朋也说服了父母，转校到了小恬所在的高中，跟小恬一样从高一重新开始。陆朋愿意为小恬改变自己的心，是真实而坚定的。“我愿意和你一起，付出最大的努力”。

最美的年华里，我的身边有你

命运女神总是会眷顾为梦想拼搏了那么久的人。当梦想终于实现，当北京的大学录取通知书飞到陆朋和小恬手中时，陆朋都不知道该如何表达心中的喜悦。开学之前有同学对陆朋说：“北京美女多，你小子可能会变心哦。”陆朋对此类话语总是草草应对，嘴上说着玩笑话，心里却想，早已过了18岁，自己的心自己最清楚；真爱有一次就够了。但在踏上北上的列车之前，陆朋在跟小恬一起设想之后大学生活中两人不约而同地达成了一个不算协议的协议：如果双方中的一个遇到了更爱更贴心的人，另一个人就毫不犹豫地离开，不阻挡各自的幸福。不管你还爱不爱我，我都希望你是最幸福的人。

开学的第一天，两人安顿好了之后，陆朋和小恬便相约一起出来吃饭，庆祝成功脱离家人的束缚，庆祝北京生活的开始，庆祝大学爱情的新篇章。那天他们聊了很多，对未来的憧憬，对过去的回望。不管当时是怎么说的，还是都说了些什么，陆朋都觉得，那一刻幸福和人生就在自己手中。

一直记得两人间说好的“协议”，由于无法预知将会发生什么，于是有点小忐忑地开始了大一的生活。那段时间也是两人关怀彼此最多最频繁的日子。陆朋每天都会问小恬今天做了些什么，然后去图书馆，去网上恶补相关的知识，就怕跟不上小恬的节奏，更怕没有共同语言。直到现在，那些曾经看过的言情小说和港台偶像剧还会不时出现在陆朋的脑海里，也算是丰富了课余生活吧。

2009年9月下旬，国庆假期将至，学校里很早就在招募国庆志愿者，每天有100元的补贴，陆朋想正好借此机会赚点生活费为小恬买些礼物，便报了名。那9天里他被分配到鸟巢和水立方负责指路。北京的太阳真是毒辣，十月份的天气竟也能将人晒黑。大学里的第一桶金不多，几百块钱就这么进账了。用自己挣来的钱给女朋友买个礼物或是一起吃饭，感觉和以前很不同。

2009年的11月1日，那天，北京下起了大雪。小恬来学校看望陆朋，陪他在自习室里度过了一个下午。傍晚时分他们一起走出教学楼，陆朋准备送小恬去坐地铁。外面依旧飘着雪花，借着学校昏黄的灯光，陆朋问她："哎，有没有觉得很浪漫？这样好的年华里，我陪在你身边，在这么美的雪景里。""切，别自恋了你。"小恬下意识地紧了紧围脖，抛给陆朋一个"风情万种"的白眼儿。两人的笑意掩都掩不住。整个大一生活就这么精彩又平淡地过着。

磕磕绊绊，平平淡淡，偶尔会有惊喜，这就是爱情

两人相恋的日子就这么慢慢地延伸。又到了互赠礼物的圣诞节，不知道小恬为什么会莫名地想起高三那年圣诞节的事情，竟一整天不接陆朋的电话。高三那年圣诞节，小恬觉得自己永远不会忘记，不仅是因为感情中出现了所谓的"第三者"，还因为从那次经历中，小恬明白了什么是"越是索取，越是贫瘠"。事情是这样的：

陆朋的高三不是很顺利，巨大的学业压力让陆朋多了很多白头发，没有太多的闲暇时间去顾及小恬的感受。小恬亦如此。也许是因为在一起的时间太长，某段时间陆朋竟萌生了厌烦的想法，两人陷入了冷战。

似乎每个人的高中都有一个这样的女孩子存在：清新，善解人意，长长的黑发有着令人着迷的力量。陆朋座位前排就有这样一位女生，个子差不多和陆朋一样高，戴了副当时很流行的黑框眼镜。那个年纪的陆朋，总是对长头发的女生有种好感，再加上一副眼镜就更觉得文艺范十足。陆朋会时不时地跟她攀谈几句。可能应了那句日久生情，陆朋觉得她理解自己的要比现在女友多很多，不自觉地想再跟那个女生更靠近一些。

陆朋似乎是要变心了，可是陆朋总会有意无意去关注小恬。陆朋每次下楼都要路过小恬的教室，每次都会探头去观望，看小恬是否在教室，是否在和男生聊天。恋爱或许就是这么的自私，不允许自己喜欢的人有任何自己不喜欢的行为出现。那年的圣诞节，陆朋花了半天时间给小恬挑好了礼物，临走时突然想起前排那个女生，犹豫了一下又挑了另一份礼物。陆朋对自己说：我只是觉得这个知己很好，只是很好而已。可是这件事情后来被小恬知道，两人陷入冷战。

意识到后果的陆朋问自己："我是不是背叛了这段感情?"后来再回忆起那段时光，陆朋只觉得当时的自己还很幼稚。不过他明白：人总会面临着这样那样的选择，比如感情上的抉择。陆朋庆幸自己最终没有被周围的环境影响，他清楚自己的心在哪里。

原来小恬是想起了这件事，怪不得心里不舒服，一整天不理陆朋。

而陆朋，则想起前几日她说很想吃栗子，于是便加入到寒风中买栗子的"长龙"中。等陆朋拿着栗子到小恬学校门口时已经晚上 7 点多了，发信息"在楼下等你"，可是迟迟没有收到回复。大约到了 10 点，才看到小恬匆匆下楼。这时候从大门出去估计已是不大可能，小恬就带陆朋到宿舍附近的围墙旁边。借着手机的微弱光亮，陆朋翻墙而出，活脱脱是"越狱"的现实版。小恬学校附近没有可以打车的地方，陆朋就跟随着手机里的百度地图，朝市区的方向行进着。当然陆朋没有告诉小恬他是徒步回去的。等回到学校已是第二天凌晨时间了，再醒来已是中午，打开手机收到了小恬的讯息，看着那只言片语，陆朋只是笑了笑，什么都没说。

圣诞节风波就这么过去，生活继续，陆朋和小恬依然相爱。磕磕绊绊在所难免，真正相爱的人绝不会轻易说分手，纵有千百个理由放弃，却也总会找一个理由坚持下去。2011 年 11 月 11 日，传说中的"神棍节"，但这样的节日对于陆朋来说是毫无影响的。可小恬却说为了不让他做光棍，大发慈悲陪他。那天两人一起去看了《失恋三十三天》。电影带给陆朋的感触颇多。"爱情这东西，时间越长，习惯就越多，依赖感也就更强烈。"

生命中，有一个人可以去惦念，是缘分；有一个人惦念自己，是幸福。那些日子里，陆朋会经常试探性问她最近喜欢什么，然后偷偷去买，再悄悄坐几个小时的公交，去她宿舍楼下给她惊喜。也会在大雪纷飞的冬日，费尽心思制作几个彩色大冰球，只为让小恬看到在如水晶般美丽的冰球上跳跃的阳光。

面对课业与各种考试的负担，两人都渐渐觉得感情稳固以后就没必要去刻意维护什么了，各自都有各自的朋友圈，都有各自必须要做的事。于是彼此间只剩下每天惯性的问候，一些无关紧要的话。爱情不知何时被附上了亲情的味道，心里对于彼此也有了更多的把握，虽然之前的“协议”还在，不过也不再担心谁会遇到那个可能影响两人间爱情的人了。

2013 年年初，陆朋和小恬订婚了。

2013 年夏，又到了毕业季。站在三环路的天桥上，回望家的方向，陆朋脑海里不断回放着与小恬这一路走来的点滴。曾经因为一个人爱上了一个城市，现在因为这个人想离开这个城市；而这个让陆朋做出改变的人，已经在远方的家里为两人今后的生活准备着。陆朋说：“有这么一个女人，把她最好的年华和最美的记忆都给了我，对于彷徨不定的我来说，这就是最好的正能量；而我，只想给予她一个简简单单、安安稳稳的生活，不离不弃，一世相伴。有人爱，有追求，有信仰，这大概就是幸福吧。”

陆朋还说……

有人问陆朋：“一辈子只爱一个人不累吗?”陆朋说：“对于一个从 8 岁就开始出现在我生命中，并且从未离去的人来说，我爱她一辈子还不够。她在我的成长中扮演的角色，谁都无法替代。那些所谓的值得与不值得都显得很单薄。”

“我们的恋爱，永远没有分手。我会一辈子爱她，让她幸福。”

“每段青春都会苍老，但我希望记忆里的你一直都安好。”

“时光静好，与君语；细水流年，与君同；繁华落尽，与君老。”

她镂刻在他成长的每一段记忆里；牵起手，就这样从青梅竹马走向相伴一生。

如鱼饮水，冷暖自知

赵欣欣

“我裸婚啊！压力很大的。可是我们彼此相爱，我不后悔。”

“爱情和面包如果能同时有当然最好，如果没有的话我选择爱情。先有面包最后不一定有爱情，先有了爱情两个人一起奋斗，我相信最后一定可以达成圆满。”

可以用精致来形容唐西，身形小小，笑容羞涩，特别小鸟依人。大学时，舍友们看偶像剧，她则一个人拉下蚊帐，趴在软软的世界里追安妮宝贝、蔡骏、萌芽，然后在思索人生中睡着——当年也算文青。不过，看起来那么柔弱的女生，眼里偏偏透着一股倔劲儿。

初恋的人大概想不到有一天也会分手的吧

2001 年上大一，她遇到了自己的初恋。

追她的是学校的足球队队长刘恺。好像我们的身边总有这样的大男生，直爽仗义，每次打比赛场下都有女生呐喊、兄弟欢呼、人气高得不得了。联谊时，漂亮乖巧的学妹唐西同样给刘恺留下了很深的印象。仅仅是单独见过几次面，两人就确定了恋爱关系。

刚开始恋爱的唐西并没有太上心，或者说，她对爱情没概念，也不知如何做。但如刘恺般的校园红人实在是让那个年纪的女生很难拒绝。热恋时，刘恺细心又用心，过马路时紧张地拉着唐西的手；人很多的公交车上，小心翼翼地用身体护着唐西；吃饭时在“饿势力”汹涌的食堂里帮唐西打她喜欢的菜；每次唐西坐下时，有点绅士又有点笨拙地帮她拉凳子……

他的好，她都记在心里。

记忆里的那天是一个很灿烂的日子，唐西又去看刘恺踢球。她一个人像平时那样默默地坐在观众席上，而那天是个挺大的比赛，观众席上人特多，唐西小小的身体仿佛一下子就被人海淹没了。休息的时候，她看到刘恺像往常一样被众人围着，一脸的疲惫里笑意满满。突然间，他站起来，在大家的注视中走到太阳底下，仰起脑袋盯着观众席，像在找人……

唐西忽然意识到他在找自己，“噌”地从座位上站起来——嘈乱的人群里，他的目光一下子捉到了她。

然后刘恺忽然咧开嘴笑。

等她回过神时刘恺已经跑回队伍了。她才意识到自己的男朋友这么好看：一见钟情，并不一定在最开始的时候啊，原本那个就陪在身边的人，忽然某一天某个时刻，他像一道光照亮了心——而之前的点点滴滴忽然都变成了情意浓浓，这是她对他的一见钟情。

原本不温不火的状态开始浓成一片热恋的粉红色，粉得要噗噗噗冒出泡来。

热恋中的人总有说不完的话，而那时大学生里手机还不普及。一个宿舍共用一个电话。两人说悄悄话时总有舍友对着唐西起哄，而她面子薄，时不时就被舍友呛成大红脸。后来，为了方便和刘恺联系，她干脆瞒着父母偷偷用压岁钱买了部一千多元的“诺基亚”手机——而她当时每个月生活费不过500元。

刘恺踢球唐西每次都去看，她不喜欢运动，但只要是刘恺的比赛，她哪怕翘课也会去看，吃饭、活动……两人形影不离。就算不在一起上课，刘恺也总是愿意多走一段路陪她。

后来，他球队里的兄弟都叫她“嫂子”。

后来，几乎所有老师都知道了这么一对形影不离的小恋人。

只可惜，人生若只如初见……

热恋的激情很快退去。

“他学习好，又是足球队长，太引人注目了……我压力很大。”怀揣着这样些许自卑的心，又加之唐西的个性本就不是很积极，与刘恺这样阳光直率的男生相比，更显被动。整段感情里，表面上看起来，唐西一直被刘恺悉心宠爱着。可她心中的不安，却似乎从来没有远离过。

有一次，刘恺提出想和唐西“滚床单”。对于唐西这种容易害羞的女生，她犹豫再三，拒绝了，而刘恺没有勉强她。这件事唐西起初是感动，后来则变成了庆幸。

因为，仅仅半年后，半路杀出一个女生黏着刘恺。也许是因为新鲜，也许是因为疲惫，刘恺没有拒绝她。两人背着唐西偷偷玩着暧昧。唐西很快就注意到男朋友动摇了：他不再像最初那样对她处处呵护，两个人在校园里并肩而行的时间少了，话少了。

那些少掉的时间，他给了另一个女生。

那家两人常去的甜品店，他带了另一个女生去。

那些本来只属于两人的话，他说给了另一个人听。

他们开始吵架。刚开始刘恺会道歉，而两人的距离却开始越来越远。

她怪他处理不了和其他女生的事，对感情不坚定。

而他说，“我老觉得你对这段感情没有用心，没有真心。你不能对我积极一点吗?”

“那就分手吧。”

刘恺不回短信了。

“我刚开始确实没太上心，可是后来渐渐认真了，他却变了。”

故人心尚尔，故心人不见。

唐西倔劲上来了。

她知道自己希望刘恺回来，可一方面她又觉得这份感情被污染了，一种被背叛的感觉让她心底里拒绝着刘恺的归来。每一次的争吵，唐西都急不可耐地往分手的路上奔。可她本是想以一个等待者的姿态等着心里的人回来，像最开始那样，他在人群里找她，她一下子被他捉住。

这一次，他没有挽留。

半年多的感情，分手只用了一个晚上。唐西在校门外那家两人曾经常去的甜品店把刘恺约出来。刘恺的心情很复杂，他对唐西有愧。但他始终坚持，是唐西太敏感，恋爱里的态度又总是不温不火，不知道唐西对他到底有没有用心。

“你就是这样子，容易放弃，又任性，太让我失望。”这是他对她最后的话。

两个人都是有棱有角的性格，自尊心强，不会妥协，两人分手也分得果断。决定了就去做，自己挥起一把快刀，一下子把好不容易系起来的心斩在两个世界中，或许是太年轻不懂得珍惜，又或许真的是爱得太浅。

一个太被动，一个终究耐不住外面的世界。

那种背叛的感觉像阴影缠着唐西很久。

初恋的人应该不会想到有一天会结束吧。分手的时候很潇洒，可唐西终究是伤心得不得了，当晚回到宿舍几乎哭晕。第二天就请了假，坐火车跑回家休息了几天才缓过神。

比翼连枝，当日愿。

如果是校园小说里的故事，就该完结了，可惜这是生活——还好这是生活。

初恋只是开始。

爱情可以和你一起坐火车吗

第二段感情在一年后出现，男主角叫徐治。

大三时唐西去外地实习，在那里遇到了让她“刻骨铭心”的爱。但反而是对这一段感情，在唐西的记忆中静如深潭，那些喜怒哀乐都仿佛淡去了。

徐治和唐西不同校，比她大一届。同为实习生，他们在工作上互相配合、生活里互相照应，爱情的萌芽慢慢滋长，两人自然而然就走到了一起。

“在一起吧。”这是当时徐治的话。他有很稳的声音，听着就让唐西安心不已。

初恋的时候没想过要分手，但和徐治在一起的开始，两人就知道有一天又会分手。尽管如此，真的心动了，两人就不管不顾，还是要开始。唐西是个越挫越勇的文青，为此她眼里始终闪着那股倔强。

徐治也不是第一次恋爱。两个人住楼上楼下的宿舍，相处融洽，彼此照顾。和刘恺在一起的唐西是个需要别人照顾的孩子，而和徐治在一起的唐西是个能与爱人并肩而立的人——工作上，两人的合作日渐默契；生活中，唐西开始努力学做菜。偶尔会去咖啡馆或者唐西喜欢的甜品店小约会，更多的是晚饭后在街上散步，逛超市买日用品，两人仿佛真的生活在一起。

但是，生活中总有很多的但是。

之所以一开始就知道这段感情不能结果，是因为地域。唐西是家里的宝，读大学和实习都在离家不远的地方，唐西知道以后自己也不会离家太远。而徐治则仅仅是来读大学的，他很早就决定回故乡去发展——他的故乡，是唐西去不了的远方。

情到深处，唐西曾想把第一次给徐治，但是他不要，也知道两人以后不能在一起，他怕唐西会后悔，会不幸福。

他想娶她，她也想过嫁他。

但唐西的家人不愿意她嫁那么远，他们说服她放弃了他。

她又一次放弃了。

他们一起去旅游，去了好多地方。

“丽江是个好地方。”唐西某天捧着本书对徐治说。

“好，我们下次去。”他说。

最后也没能实现。

罗带同心结未成，江头潮已平。

这个呢，是不是就叫作遗憾？

2004 年实习结束，徐治要回故乡发展，两人和平分手。

唐西的心一下子空了，但和第一次恋爱那种虐心的感觉不同了。满是不舍和温柔。

两人一直有联系，因为当时是被逼无奈的选择，所以他们到现在也还是朋友，但只是朋友。

欲说还休、欲说还休，却道天凉好个秋

两人怎么分手的已经不重要了。故事很自然地过渡到王嘉——唐西现在的丈夫。

唐西在毕业后的第一家单位里认识了王嘉。她那时还没从与徐治分手的情绪中完全走出来，王嘉已对她一见钟情。他不善言辞，但为人真诚善良，脾气也很好。

王嘉只比唐西大两届，同龄人在单位里总是比较玩得来，刚工作时常常一大群人一起出去玩，王嘉找机会就对唐西发动各种温柔攻势。加之同事们有意撮合，差不多一年，两人就确立了恋爱关系。又过了不久，两人开始同居。

还有一次，他们一起撑伞回家。回到家时，王嘉半边身子都湿透了，而唐西只湿了一点点裤脚。唐西忽然忆起，好像当年也曾被阳光下的某个笑脸这样狠狠地摸到心脏，她一下子抱住王嘉。

年龄和阅历被岁月打磨，但她心底却还是一如当年的细腻敏感，容易被细节打动。

王嘉的家庭条件不好，有几个兄弟姐妹，从偏远贫穷的地区考到城市上大学，没有任何背景，只身拼搏。而唐西的家庭虽不是大富大贵，但因她是独生女儿，也把她当成公主一般娇养。因此，恋爱的五年里，唐西的家人不断劝她分手——“劝了很多次呢!”——理由很简单，王嘉穷，唐西的家人怕她受苦。

唐西也犹豫过，除了经济的问题，她还担心更多的事。

某次两人一起回王嘉的老家见他的亲戚，亲戚里有一个八九岁大的小女孩，唐西很喜欢，逗她聊天才知道小女孩不上学。唐西惊讶地问她为什么，小女孩说：“上学没用呀!”唐西心里就泛起一阵恐惧，万一以后自己孩子像他们一样怎么办？在她看来，自己可以吃苦，但不能让自己的孩子吃苦。

“请你相信我能给你幸福。”王嘉这么自信满满地说时，唐西总会告诉自己：“是的，但这需要时间，他的起点太低。”

唐西曾经看过一本书，上面提到罗密欧与朱丽叶效应。

恋爱时阻力越大越要在一起。有时候唐西觉得这用来形容自己和王嘉最合适不过。

除了这个因素，或许还因为与徐治的恋情，那段因为家人反对无疾而终的爱让她心里始终充满着遗憾，从而不想再因为“家人”而放弃所爱。

又或许……其实她自己也不知道答案。

第一家单位效益不好，两人都离开了，在不同的地方工作，开始两年的异地恋。

“你跟那个人分没分？”

好不容易家庭聚餐，一提到这个话题，三姑六婆的目光“刷”地戳向唐西。

“嗯……分了。”唐西小声说。

“爱情不能当饭吃。你趁年轻，再找个好点儿的，别为他耽误了自己。”

“哎……”唐西知道长辈们是真的疼她，越是如此越难过。

分手，当然是谎话。

因为家人的要求，唐西也去相亲过一次。

大胖子，俗气，满口冷笑话，喜欢炫富，什么年代了居然还戴金项链！

——这是唐西的评价。

回到家她就对姐妹们吐槽——相亲不靠谱。

除了被她鄙视的那次相亲外，她不是没有更好的机会。那也是个亲戚介绍的男生，人好，家境也好，和唐西两人也互有好感。

但是唐西对爱情很忠诚，她不愿做一个像刘恺那样的背叛者。一是认为和王嘉有感情基础，他比较懂自己。二是那个男孩的娇生惯养让唐西心里有那么点不屑。相比之下，王嘉的独立更吸引她。

“我愿意自己奋斗，尽管比较辛苦。但每个人的价值观不一样，我不愿意为了坐享其成去勉强自己的感情。”她在电话里这样对他说，也对自己说。

微斯人，吾谁与归！

他们异地恋期间还发生过一件事。

有个暗恋唐西的“偏执狂”，跑到王嘉所在的城市对他捏造了很多关于唐西的事，说她以前私生活不检点等坏话。这些当然是子虚乌有。那时他们两人也闹矛盾。工作不顺利，感情有风波，而他不在身边。那是唐西的一段低谷，她情绪很不稳定，常常躲在家里哭。

好在最后，王嘉选择相信她。

那天她疲惫地打开门，王嘉出现在她的面前。

你就是光。

唐西看着王嘉憨厚的笑容，忽然就哭了。这段噩梦在王嘉赶回来看她的这一刻烟消云散。

经历了两年的异地恋，他们决定结婚。

为此，唐西一度和家里的长辈闹翻。

“你们怎么就不相信他呢？”

“你到时候别回来哭！”

“我找对象只凭感觉，就是我一定要心动的。家长们说的出身、背景我都不怎么考虑，我更在意是否有共同语言，能相互理解。王嘉跟我是相爱的，所以我想嫁他。”

差不多五年的风雨，他们在2010年正式领证。他俩决定结婚后回到王嘉老家的县城创业。领证的时候，两人的事业都未成，一起挤在小小的出租屋里，连婚礼都是简简单单，甚至连婚纱都没有——裸婚裸得很彻底。

和家人吵归吵，结婚的时候，家人还是给他俩封了很多红包。

还有很多红包，是这些曾经叫嚣“你不要回来哭”的姑姑婆婆们私下里给唐西的。

“自己留一点，别都拿出来给他们家人！”

“王嘉你要对唐西好，唐西也要和公公婆婆好好处。”

唐西听到这些话，眼泪扑簌簌就落下来了。

从开始同居到结婚，王嘉一直非常宠唐西，各种家务全部包揽，结果就是唐小姐从结婚到现在还不太会做菜。天很冷的时候，王嘉还帮唐西洗内衣。

“请你相信我会给你幸福。”王嘉在践行自己的诺言。

他打心底里决定好好对这个文弱美好的姑娘。

但毕竟成长的背景不太一样，两人在生活中还是会有小矛盾。比如唐西从小就特别爱干净，连灰尘都很难忍受，甚至有点小洁癖。比如毛巾掉在地上，唐西要洗了再用，王嘉则说她小题大做。唐西每次遇到这种事都只好叹口气。

另外，择菜、洗菜的时候，唐西会弄得很精细，很多她认为不好吃或者粗糙的部分都会扔掉，而王嘉则是能留就留。

“丝瓜要能不削皮也能吃就好了。”某次王嘉看唐西去丝瓜皮时幽幽地在旁边说。唐西不可思议地瞪了他一眼，然后继续捣鼓手里的丝瓜，一边在心里安慰自己，“他习惯的嘛，从小家里穷，物质比较缺乏，很节俭。持家好男人！”

两人白手起家，没有任何经验，更没有任何背景，日子过得很是辛苦。在县城住了一段时间后唐西就想回城市去了，但王嘉不同意，他认为创业初始都是辛苦的，好不容易下定决心去做了，他希望能有个结果。唐西看他坚决，也就随着他一起留在了县城。

现实摆在面前，很残酷。

唐西不喜欢和王嘉的家人打交道。王嘉也照顾她，从不在这方面勉强她。但是，虽然不用和王嘉的家人住在一起，但离得不远，免不了常常来往。除了语言不通外，王嘉的家人也不太喜欢她，因为她不擅长做饭，不会农活，家务又总是王嘉在做，看起来瘦瘦小小的不像个能生儿子的主……诸如此类。

2011 年初发生了一件事：唐西堕胎了。

那时候不知道有了宝宝，唐西吃了药。而那种药很可能致胎儿畸形。

她和王嘉为这件事起了争执。唐西想堕胎，她担心药物会对胎儿有不好的影响。

“一个畸形的宝宝会对家庭和宝宝自身造成很大的负面影响，何况我们并没有钱，如果宝宝有问题，我们真的养不起。堕胎才是对孩子、对家庭负责。”

唐西说出这些话，自己也很心痛。

但意外的是，王嘉和他的家人反对，他们认为堕胎是非常晦气的事，而且对女人的身体影响很大；那是第一胎，万一是个儿子呢？万一伤了身体以后怀不上怎么办？

唐西的倔脾气又上来了。眼看协商不成，就自己咬咬牙跑到医院去做了人流。

然后两人就开始冷战，唐西一气之下就跑回娘家去了。

那次回家，唐西不断地哭，特别委屈。流产对女人的伤害是最大的，而王嘉却没能支持她。

分开了一个月，王嘉还是心疼她，气头过去后他也认同唐西的观点，到城市里把她接回了家；又帮着她劝说自己的亲戚。这次的风波闹腾了一个春节才算过去。

但两人的创业并不如意，到 2011 年秋天，他们的店到了濒临关门的境地。除了事业上的打击外，孩子的事也使唐西触动良多。她认真地和王嘉谈了这件事。

王：“没事的，以后再生，我们多生几个。”

唐：“以我们现在的条件，我只想生一个。”

王：“一个风险太大了吧，我妈那里不好说。以后会好起来的。”

唐：“我只是想尽自己所能给孩子最好的条件……我们别在县城了，回城市吧。”

王：“在这里的事业才开始不久，挫折是难免的，再坚持一下吧。”

唐：“不光是这个原因……还有教育，这里没有什么好学校，你要宝宝以后怎么办？”

王：“孩子的成长要靠自己，就算没有提供多好的环境和教育，如果争气，他靠自己也能成才。你看，我不就考出去上大学了吗？”

唐：（狠狠一瞪）“……”

王：“你别瞪我。你看你这么好的条件，现在还不是在县城吗？”

说着他半开玩笑地就笑起来。

然后对于王嘉那点小得意，唐西“很配合地”半认真地爆发了。

谈不拢。

这一次“谈判”拖了很久，王嘉依然不愿意放弃在县城的工作。唐西于是又拿出了那股下定决心就去做的倔劲儿，果断地收拾行李回到市里。

这一次不是分手，她要在这里等他。

唐西发了条微博，“这次回来，不知道结果会怎样。”

而这一等，到现在已经过去了好几个月。

故事就此告一段落。

在旁人的眼里，她的婚姻其实并不美满。可她还是执着地相信他给过的承诺，相信他们的感情。认真地告诉我那段我写在开头的“爱情面包论”，我一字未改。这个浪漫又文艺的唐西。

从大学里喜欢在甜品店约会、需要人宠着、又因为男朋友动摇而一咬牙就分手的女生，到为了恋人学做饭、在工作上与恋人配合、最终因为家人反对而放弃的小女人；到现在不管别人的看法而裸婚、和爱人一起创业、会因为考虑孩子以及未来而选择承担更多的女性，这十年里唐西在这三段感情中更成熟，更坚强了。可她还是这么天真勇敢地相信着、坚守着自己的爱情，即使是在别人眼里不值一提的爱情。

或许真的还是那句话：生活是，爱情也是。如鱼饮水，冷暖自知。

从懵懂的依附到并肩而立，“情”由玻璃般玲珑脆弱变为磐石般风雨不倒，这是不是所谓的成长？

爱情额度

贾鸿蔚

其实爱是有额度的。

在爱情的世界里，只有爱，远远不够。

爱情这条路，很少有人能走得一帆风顺。如果它突如其来，如果它备受质疑，如果它让你怀疑自己……

你真的觉得，你只需要爱么?

爱情的模样，跟想象中的不一样

“又是丘比特!”唐意略嫌弃地看了一眼贴在墙上的宣传海报，心里早有个小人挥着手臂吐槽设计者江郎才尽。这已经不是她第一次对丘比特的代表意义表示不满了。一个喜欢乱射箭的小孩子硬生生被当成爱情的标志，唐意无论如何想不通其中的逻辑。爱情总得有个标准吧，比如，至少一米八的身高才能算得上是挺拔俊朗，热情细心应该是追求自己的必杀。如果能跟自己有长时间的相处和深入了解，两个人是知己也是恋人，大概才是最好的爱情状态。

唐意不止一次考量过爱情的条条框框，像每一个正值青春的女孩子一样，为自己的爱情勾勒最梦幻的一面。这大概是每个女孩子都做过的公主梦，期待遇到一个帅气优秀的男孩，拥有一段羡煞旁人的爱情。至于浪漫邂逅的时间也被唐意精准定位：大一过后，最自由单纯、青葱浪漫的那段时光里。

然而，是谁说过，爱情，最妙就在于无法预知的不期而遇。

走进校园的一刻，欢腾了一个暑假的心终于安定下来。见面不久的室友跟自己出奇地投缘，六个人一起卖力地收拾寝室，叽叽喳喳地谈论各种奇闻异事。唐意隐隐感觉到，这是一个不一样的开始。

大学生活以军训作为起点，似乎是为了让大家在同甘共苦的过程中缔结深刻的革命友谊，加深对彼此的了解。这话放在唐意身上真是一点都没错。至少，唐意敏感地察觉到，杨珂是一个与众不同的女孩。

在火辣辣的太阳下被教官呵斥了一天，六个人一回宿舍就把自己扔到床上。唐意无比怨念地揉着酸胀的小腿，正想着做点什么让自己放松一下，耳边突然传来杨珂淡淡的声音："你们喜欢看小说么?"

杨珂推荐的是一本耽美小说，唐意用最短的时间看完，却又觉得好像哪里不太对劲。

杨珂是那种很容易让人印象深刻的女生，喜欢穿干净利落的衬衫，说起话来不急不躁，给人安静成熟的感觉。耽美小说似乎不应该在她的兴趣范围之内。几天相处过程中观察到的细节和隐隐的直觉告诉唐意，答案或许只有一个：杨珂是同性恋。这个念头突然冒出来的时候，着实吓了唐意一跳。可细想想好像也没有哪里不对，毕竟这是别人的私事。于是在唐意心里，这变成跟"杨珂是金牛座"一样平淡无奇的事。

应该说，唐意的直觉相当准确。杨珂的确是同性恋，而她自己对这一点的接受过程却伴随着各种各样的痛苦和纠结。

初中时期的杨珂完全不是如今温文淡定的模样，几乎不能接受所有的女性化装扮，大大咧咧性格外向，完全就是一个假小子。最关键的是，她很喜欢一个跟自己相熟的女孩。

这件事困扰了杨珂很久。不能表白，因为不想在捅破之后连朋友都做不成；不能向别人倾诉，这绝对是大多数人无法理解的事，让自己成为别人议论的焦点显然不是什么明智的做法。但最痛苦的是，杨珂连自己这一关都过不了。怎么会喜欢女生呢？这个问题不止一次敲击内心，一点点加深了杨珂的负罪感，好像真的做了什么天大的错事。

为了让自己回到“正常”的生活，杨珂逼迫自己尝试着喜欢男孩，自我催眠、施压，几乎用尽了她能想到的所有办法。但是都没有用。万般无奈之下，唯有接受。那是杨珂最艰难的一段日子，所有对自己的质疑、否定、说服、鼓励，都只在心里，无人知晓。

杨珂学会了伪装，慢慢改变自己的行为方式，改变对人对事的态度，甚至连大多数北京姑娘共有的直率泼辣都被敛去了几分。她一点一点藏起了所有与众不同的地方，试图保护自己和家人免受非议。伪装啊，大概是成长的必修课。

至于那个女孩，是另一个略显复杂的故事。杨珂最终在告知当事人实情之前放下了这段感情，决定在她身边扮演朋友的角色。太久的熟识让杨珂慢慢把敏感脆弱的女孩当成家人，在她得抑郁症时陪在身边，不忍心拒绝女孩因为依赖提出的在一起，却又在不久之后分开。女孩至今依然是杨珂非常重要的朋友，却不是她的爱情。

现下，大学伊始，自己是同性恋的事实瞒得了别人，却瞒不过朝夕相处的室友。杨珂干脆用耽美小说给大家打预防针，而唐意，察觉，并且接受。

大学生活与唐意的想象相差不远，匆匆穿梭在校园各处，上课、自习，井然有序。同吃同住的情谊也让六个女孩的友情迅速升温。杨珂对大家的照顾似乎更多一些，可能是尽地主之谊，可能是性格使然，也可能是她的成长比同龄人来得更早。总之杨珂的细心周到让每个女孩都感受到了浓浓的温暖，每个人都把她看作值得深交的朋友。

唐意也不例外。几乎没有多想，杨珂就已经被她划分到“好朋友”的行列。

于是，六个女孩把彼此当作家人，一起度过大学的最初时光。唯一的波澜大概是杨珂在其他五个人或多或少有所察觉的情况下最终出柜[①]。刘佳和林雪起初的不适应，给寝室带来一段不大不小的尴尬。但毕竟是好朋友，五个人最终默契地选择了尊重和不干涉个人私事的态度，接受了事实。

平静的日子总是过得飞快，转眼就到了寒假。可有些事情，好像已经偏离了唐意设想的轨道。

无聊地划着手机屏幕，唐意的目光再一次落在杨珂的号码上，呆呆地看了一会儿，好像想到什么似的出神地微笑，然后在下一秒捶捶自己的脑袋：“我怎么又在想她啊……”

这样的场景重复次数多了，总会意味着什么。终于在某一天，唐意惊觉自己对杨珂的定位或许并不仅是好朋友那么简单。这种想法的出现好像给了唐意狠狠一闷棍，让她突然心慌头疼不知所措。

---

① 出柜：向周围的人公开自己的性别认同与生理性别和社会性别不一致的状况，承认自己是同性恋。

没有谈过恋爱，不知道那是怎样的感觉。喜欢女生的潜在事实又让自己傻了眼，更怕自己是误会了两个人的友情。拼命地否定，不断地肯定，找来关于同性恋的纪录片，求证、自省，压抑内心的不安和恐慌。反反复复的过程持续折磨着唐意，于是那个寒假剩下的日子，对她来说，简直是受刑一般的挣扎。

很多事情，不一样了，即使表面上若无其事。

这种纠结拉扯一直持续到开学之后的服装大赛。

那天，唐意被李曦拉去给参加比赛的杨珂捧场。想为杨珂加油鼓劲的愿望无比强烈，可被自己想方设法推到内心深处的尴尬又不停跳出来，两种心情纷纷叫嚣自己的存在，让唐意不免高度紧张。

不过所有复杂的心情在看到杨珂的时候似乎烟消云散。台上的杨珂落落大方，甚至称得上帅气，引起一众颜控小女生纷纷赞叹。台下的唐意靠在一边，注视杨珂的眼睛里盛着淡淡的笑意。

这些细节一滴不漏地落在李曦眼里，心里不免多了几个问号，半开玩笑地寻求答案："唐意，你跟杨珂，不只朋友关系那么简单吧？"

这个问题逼唐意不得不再一次审视自己内心的混乱，却也好像突然点醒了她："如果爱情就是两个人相互理解、相互扶持、相互鼓励的话，那我们为什么不可以？"

她没有回答李曦，但她心里有了答案。

"可她到底喜不喜欢我啊？"唐意又一次抓狂地把想了无数次的问题抛给自己。如果只是单恋，表白过后两个人很可能连朋友都做不成。不确定感，自己无法解决的问题，唐意的爱情又一次陷入僵局。

幸亏，唐意身边有个好奇宝宝。不甘心看到自己的问题悬而未决，李曦迅速向另一位当事人寻求答案，然后把答案原封不动地告诉唐意：“她说，能不能在一起，取决于你。”

当天晚上，唐意写了一封信，然后在第二天听到了自己想要的答案：“那就在一起试试呗。”

静下心来，听我们解释

对于唐意和杨珂来说，在一起需要莫大的勇气。可这只是第一步，还有更多的问题需要两个人一起面对。

比如说，怎么跟宿舍的人解释。

不知道该如何开口的两个人决定当行动派，做一些亲密的动作让大家意会，却又因为不确定是不是合适的时机，总在有人开口询问的时候欲言又止地否认。来来去去折腾了一个星期，眼看宿舍的山西行近在眼前，只得一五一十摊牌。

尽管做好了石块砸向平静湖水的准备，却没想到这次摊牌对室友来说完全是巨石压顶。

唐意一口气把话说完之后，寝室里变得无比安静。过了好一会儿其他四个女孩才回过神来。苏可对爱情的支持和理解很快就淹没在另外三个人的抱怨里。李曦只是单纯埋怨唐意在自己早有所察的情况下还瞒了这么久，完全不把自己当家人。一直对同性恋接受度不高的刘佳和林雪的反应却完全不同。刘佳坐在一边不愿意多说，但紧绷的唇角和轻皱的眉头表明了她的拒绝态度；性格比较温和的林雪也处在低气压里，不管说什么都带着冷冷的刺。

唐意突然觉得很烦躁，不愿意多解释也没心情维持好的态度，一句一句冷冷地顶回去。即使有杨珂尽力斡旋，却还是越说越僵，不欢而散。

第二天一早，刘佳早早离开宿舍，只留了张纸条说自己想通了。杨珂和唐意松了一口气，暂时把事情抛到脑后。

忙了一上午的唐意正准备填饱肚子，突然收到短信："你快回来。"手忙脚乱地回拨，却被告知刘佳自己去退了票。尽管接到短信的时候已经隐隐猜到，可早就慌了神的唐意根本想不出解决办法。彼时杨珂正在办公室跟同学老师开会，没空多想就匆匆挂了电话。

眼看问题越来越严重，杨珂和唐意只得再一次向大家解释。这一次，气氛比前一天更沉重。

准确地说，简直是刘佳和林雪对唐意的质问大会。

"杨珂是同性恋，这是她自己的事情，你干吗非要掺和？"

"你也不是不知道我和刘佳接受不了同性恋。之前觉得这是杨珂自己的事，我们试着去接受。现在呢，你想过我们的情绪吗？"

"你有没有想过，我们六个人原来是一个整体，你们在一起之后，就会分成两个小团体。你不觉得相处的时候会尴尬吗？"

"你们到底为什么不早说？我觉得你们根本不在乎我们的态度。"

这些不满一条一条列下来，让唐意觉得很委屈。爱情突如其来，连她自己都措手不及。只想顺心而为，却没想到大家如此不理解。原来爱情从来都不只是两个人的事情，跟身边的每个人都有千丝万缕的联系。

这一点，杨珂或许早就认识到了。毕竟从初中到现在，关于旁人对自己是同性恋这件事的接受度，她从来都做好了最坏的打算。悄悄握了握对方的手，杨珂拉着唐意，告诉大家两个人是真心喜欢彼此，但不会影响六个人的友谊："我们永远是一家人。我保证。"

大概是两个人的诚意打动了刘佳和林雪，加上苏可和李曦在一边帮劝，事情总算缓和了许多。至少，不愿多说的刘佳解释退票是担心自己的不适应会影响所有人的心情，原本情绪激动的林雪收起话语中隐隐带着的刺，静静地听杨珂解释。

之后的事情还算顺利，她们一起去补了票，按照计划去山西旅行。三天时间，六个人在平遥古城、晋祠玩得不亦乐乎，更是在东湖醋厂见识到了老陈醋的威力，酸得眼泪鼻涕一块儿流。

三天时光匆匆而过，那些独属于二十岁女孩子的笑声和快乐，会让她们在每一次想起的时候，默默微笑。

初夏，洋溢着浪漫的气息

两个人与普通的情侣没有区别，互相照顾，分享每一天的喜怒哀乐。当然，遇到一些特殊的日子，也会悄悄做足准备，给对方一个惊喜。

杨珂的生日在春暖花开的五月，唐意专门借了一把小提琴，想拉首曲子给她听，算是礼物，也算是表白心意。

七年没碰过小提琴的唐意用五天的时间准备惊喜，每天神秘兮兮的，一有时间就偷偷跑去练琴。手指尖上全是水泡，自己看着都忍不住心疼半天，可一想到“惊喜”二字，瞬间觉得什么都值得。

其实啊，杨珂看着唐意神出鬼没，就做好了收礼物的准备。不会伪装的唐意，硬是让“惊喜”变成没有惊只有喜。

生日当天，就像开了一个小型派对。吃自己做的蛋糕，唱歌，玩游戏，简直嗨翻了天。杨珂一直期待看到唐意准备的礼物，反而是六个人里最淡定的一个，直到大家让她闭上眼睛。悠扬的小提琴声响起，是卡农，杨珂很熟悉的旋律。

其实那天唐意发挥得并不算太好，明显的错音和挂弦出现了不少次。以至于事后每次想起，她都忍不住郁闷地捂着脸嘟囔几句。

但对于杨珂来说，心意才是最重要的。后来杨珂每每想到那一天，都只会想到唐意指尖的水泡、拉琴时微微发红的脸和曲毕之后甜甜的笑。如果说一开始在一起只是因为有好感，那么后来的杨珂就可以坚定地说："我们俩的感情是越来越深的那种。"因为她说，一个愿意为她付出、能够挑战自己的女孩，值得自己对她更好。

"她是值得我去爱的，我绝对不能辜负她。"

转眼就到了暑假。

其实假期对于还是学生的情侣来说是最难熬的。恋爱的人总是不舍得分开，好像只要在对方身边，无论干什么都可以。因此，唐意干脆推迟了回家的时间，把两个人相处的时间再拉长一点。

那时杨珂借了一本《北京地名考》，介绍北京大大小小的街道，于是她就拉着唐意，按着上面的介绍，走遍了从新街口到文津街大大小小的胡同，看那些漂亮的老建筑，喝既便宜又好喝的老酸奶。她们甚至还去南锣鼓巷围观过一个由公益组织发起的拉拉风向标的活动。虽然只是打游击的形式，可两个人还是玩得很开心，留了言，录了影，还拿回了一堆纪念品。

那个暑假，什刹海的风，居然带着清爽而又甜蜜的气息。

因为想念，所以在乎

快乐幸福的时光总是跑着过的。尽管一再推迟回家的时间，可短暂的分别迟早要来。

窝在家里的唐意心情并不算好。看一眼手机，电池满格，信号满格，信息发出去很久了，没有回复，没有电话。忍不住嘟着嘴，拿笔戳了戳眼前无辜的日记本：“她就一点儿都不想我么……”

在唐意看来，分开的日子，不需要琼瑶式情深意切地一遍遍说“想你，想你，发疯一样地想你”，但好歹保持联系、交流近况应该算是最低要求。可自从回家之后，杨珂几乎不主动联系自己，自己实在忍不住了给她发短信打电话，却又总是找不到人。那段时间杨珂忙得焦头烂额，唐意其实是清楚的，可这样的状况持续久了，还是不免在心里暗暗抱怨，并且不止一次敏感地想到，杨珂对自己没有感觉了，感情不够所以思念不深。

这样的情绪掩藏了很久，终于在八月的某一天全面爆发。面对唐意质问的短信和只有“嘟嘟”声的电话，杨珂觉得有点束手无策。其实一直以来自己都没有主动联系别人的习惯，在一起之后，两个人朝夕相处也没有给自己改变这个习惯的机会。唐意突如其来激烈的反应让她开始思考两个人的相处模式，这才发现一直以来自己被动多过主动，却没有顾及偶尔受到忽略的唐意慢慢累积起来的不确定感。再一次摁下早就熟记在心的手机号，杨珂知道，要解释，要改变。

此时的唐意正看着桌上不停振动的手机，先前满心的委屈一点点烟消云散。或许，只是自己太敏感。

误会最终以杨珂耐心的安抚和解释收场。尽管唐意依旧用边撒娇边抱怨的方式表达了不满，但她已经开始明白，两个人在一起就要互相理解互相包容，不应该为小事斤斤计较。

或许啊，爱情并不意味着要把对方紧紧绑在身边，而是知道不管何时，我心里有你，就在那里。

但愿有一天，你们可以懂我

每一个同性恋者大概都希望，有一天自己能牵着对方的手，站在父母面前，告诉父母“我很爱她”，然后得到理解和祝福。

可是能做到这些的，太少。

杨珂和唐意，似乎只做到了第一句话。

出柜这件让多少人前思后想举棋不定的事，就那么仓促地在两个人几乎没有准备的情况下完成。看似少了抉择时的纠结，却无形中为两个人加大了阻力。每次想起来，两个人都忍不住轻轻叹一口气。

其实对于杨珂的家人来说，这些年她已经打了不少预防针。所以第一次见到唐意的时候，很轻易就看出了二人的关系。总的来说，情况已经是杨珂能想到的最好的一种。妈妈依旧不支持不反对，还几次问杨珂要不要找个男朋友；姥姥觉得孩子大了就会有自己的选择，旁人不好多加干涉；爸爸的理解和尊重让杨珂意外，却又庆幸自己受到的家庭阻力因此降到最低。

相比之下，唐意就没有这么幸运了。

国庆小长假，两个人去唐意的家乡玩，一个不小心就让唐意的妈妈知道了所有事情，罪魁祸首就是记满唐意心事、用来舒解压力的日记本。

那天晚上唐意的妈妈借口想跟女儿一起睡，支开所有人之后告诉唐意，母女俩需要谈谈。说是谈话，但妈妈几乎没有给唐意任何辩驳的机会，就给这段感情判了死刑，警告唐意不可以再继续下去。母女俩达成唯一的共识是，事情不能让家里的其他人知道。

“你们俩绝对不能在一起。”妈妈低低的吼声和不容商量的态度简直让唐意崩溃绝望，甩下一句话就再不听唐意的解释，无视女儿的泪流满面，不留任何转圜的余地。这种反对的激烈程度远远超出了唐意的想象。她曾经以为，家人对自己的爱可以跨越一切，只要自己幸福就好，直到激烈的争吵之后她才发现，现实远比想象苍白。直到现在唐意也只能用“妈妈需要时间慢慢接受这件事”来安慰自己，尝试一切可能的方法，努力一点点改变她对同性恋的想法。

来自家庭的阻力让唐意难过，却没有改变她的心意。甚至，她更加小心翼翼地经营起这段暂时还不被家人祝福的爱情。她不止一次告诉自己，既然相爱，就要在一起。如果两个人因为除了爱情之外的其他因素分开，那才是最遗憾的事。

毕竟，情不知所起，一往而深。

或许爱情，不只需要爱

杨珂和唐意在 QQ 上加入了一个拉拉群，里面大多数成员都是本校的。加入的原因很简单，希望在某种程度上寻求支持，知道自己并非不正常，并不孤单。

杨珂常常会思考自己所在的群体。同性恋的群体往往更加渴求他人的认同，因为性取向与传统观念相悖已经带给她们太大压力。伪装几乎已经是固定的生活方式，藏起所有可能被人质疑的细节，甚至戴着不属于自己的面具。这样很累，但至少可以少面对一些飞短流长。

唐意常常祈祷，大家可以明白爱是多美好的事情，可以让爱情自然生长。尊重，理解，并且祝福。偶尔她甚至会觉得，连“包容”这个词都是不够合适的，那个词里带有的高高在上给予施舍的感觉，并不能让已经身处巨大压力之中的自己感到些许轻松。

爱情不分性别，这对大多数人来说只是一句口号，对她们来说，却是一个需要花费许多年去证明的命题。

有时候她们会看到与自己有相似经历的人，听到一些让人难过的事。同样的压力，相似的纠结，不一样的人生。

前一段时间，一个男人的自述在网络上掀起不大不小的轰动。从小到大，四段爱情，他都爱上与自己性别相同的人。意外出柜，家人激烈反对，绝食抗争，然后绝望地写下自己的故事，“我不知道我还有没有明天”，毫不留恋地从窗口跳下。那个晚上杨珂沉默不言，唐意彻夜难眠，听着他在爱情进行时或结束后创作的一首首情歌泪流满面。那都是怎样的歌啊，无论怎样的旋律，或快或慢，或深情或宣泄，好像都有一种最空虚的绝望不断撕扯着现实的美好。那种痛苦有多深啊，让他有勇气一纵而下，却没有勇气在现实里继续。

那种巨大的空洞感，不经历的人可能永远都不会懂。很多时候，“感同身受”这个词，也就仅仅停留在字面上而已。

或许很多类似的事情不断发生，一次次提醒她们现实到底有多残酷。原来，当爱不被世人接受的时候，带来的或许就不再是幸福，而是某种终结。

注定，还有很艰难的路要走。

因为有你，所以是最好的时光

有些话，杨珂从来都不说，觉得矫情。

比如说：不是在最好的时光遇到你，而是因为有你，所以是最好的时光。

但不说，不代表没这么想过。

从某种程度上说，“随缘”一直是杨珂的爱情准则。毕竟“同性恋”三个字，意味着少数，意味着知音难觅。她知道要找到一个自己喜欢、又恰好喜欢自己的女孩有多不容易。可唐意出现了，就像一道最温暖的光，战胜所有纠结，勇敢面对内心，走过来牵起自己的手，让自己不再孤单，跟自己一起成长。所以杨珂不止一次想过，还好有她，还好是她。

而且杨珂知道，唐意也这么想。

所以未来的路，再难，也要走下去。爱一个人，或许不是替她承担一切，也不止是为她遮风挡雨，而是无论在任何时候，任何困难与阻碍面前，都牢牢抓住她的手。

即使对未来有隐隐不安，即使每一步都小心翼翼，也要带着微笑，跟她一起注视要去的远方。

其实更多的时候，杨珂和唐意都很容易满足。只要能在对方身边，哪怕只是静静地坐着，都是莫大的幸福。

大概，因为难得，所以珍惜。

偶尔，唐意会回忆两个人在一起以来的点滴细节。可能是杨珂听着自己的琴声，笑得弯弯的眉眼；可能是自己突然沉默的时候，一个同样沉默的拥抱；可能是偶尔为了打住自己的胡搅蛮缠，揉乱自己头发的手；也可能是为了纠正自己不够标准的前后鼻音，一遍遍告诉自己“静”和“近”的区别……

岁月静好，莫不如是。

多希望未来每一个平淡的日子里，都有对方的情意绵长。

多希望爱情，就这么一路走下去。

杨珂和唐意都清楚，她们不只需要爱。

可无论人潮怎样拥挤，她们都会努力牵紧交握的手，不再放开。

如果爱情只是两个人心里的值不值得，而不被强加旁人评判的应不应该，或许这一路的磕磕绊绊，就可以少一些。

相忘于江湖

赵欣欣

平凡的一天。

小舞麦芽又在吭哧吭哧满世界地跑任务——传口信，找材料，当保镖，打小怪兽——这是她每天的必修课。其实做这些小任务是很烦的事情，刀山火海，上天入地……可是她每次都跑得很欢乐，因为她的伶牙俐齿，聊天窗口总有一群人乐意和她聊天胡侃；而且她的武器是一条彩带，镶嵌稀有宝石后闪闪发光，一路飘像一路撒金粉。时不时就能看到旁边的侠客们驻足截图，脑袋上的聊天窗口弹出一串羡慕的表情。

程可心里偷偷地美。

2006 年程可刚上大一，开始沉迷一款角色扮演的仙侠类网游。高考失利，她进了一所与她期望甚远的高校。即使漫步校园也会让她有种天地不仁的悲怆感，于是，她渐渐蜕变为一个喜欢宅宿舍、以吃泡面为生的“新时代女性”。虽然性格活泼好动，但相比起校园里平凡的社团、平凡的同学，程可更喜欢游戏中的光怪陆离、快意恩仇。在那个世界里，她是被人包围仰慕的江湖前辈。

“小舞麦芽”就是她的江湖称号。

他和她在这里相遇。

最好不相见，如此便可不相恋

深海之下，小舞麦芽正像往常一样跑任务。

她走的这条路曲折深幽，一般的玩家都不愿意来。但正因为曲折，路旁绚丽的珊瑚和水晶夸张地交错，华丽而梦幻。因此程可很喜欢这里，她总愿意舍弃大道多绕点儿路，就为了穿过这一路的斑斓。

忽然，她看到一个白衫美男子立在路边，手里的长枪雷电流转、威风凛凛，一看就知道……他有钱，而且很强。

屏幕右下角弹出了一个好友申请。

【♁弑神の孤独 请求添加您为好友。】

“这是何等中二[①]的名字……”

程可心里泛起淡淡的鄙夷，正准备拒绝时一阵寒意却从心底升起。

她知道他！

不是这名字太中二，而是因为♁弑神の孤独在这个服务器里很有名，是让人头疼的那种有名——等级高到上排行榜，武器极品，却偏偏喜欢找人PK，他不欺负比自己弱的玩家，就喜欢缠着那些等级相当或者拥有极品装备的对手打架。而程可是个和平爱好者，虽然她的等级也高，但她不喜欢打人，她的对手永远是小怪兽或系统路人甲乙丙。

一旦成为好友，就可以通过好友系统知道对方的位置。对于追杀来说

---

① 比喻青春期的少年过于自以为是等特别言行的俗语，多用于网络，有调侃的意味。

再合适不过——“难怪他在这么荒无人烟的地方等我，大神你是要来和我PK么!”程可紧张地关掉好友申请，用了个瞬移的法宝逃跑了。

打架这种事儿，赢了还好，输了的话掉经验掉钱掉道具，太悲催。

第二天，小舞麦芽继续满世界做小任务。

又一次跑进那条珊瑚路，一个有点面熟的白衣侠客依旧站在那里。

屏幕右下角闪烁。

【♂弑神の孤独 请求添加您为好友。】

“怎么又是你!”

程可实在是觉得自己运气很背。

不跑了，点开道具，瞬移。

第三天。

程可在犹豫了半天才决定走那条路，没有人。

于是小舞麦芽又欢快地跑起来。任务很顺利，她的最后一站是遥远西边的小城。

这一天应该就这样平稳地过去了吧。

眼看着到了饭点，程可也不打算去食堂。她在宿舍里给自己屯着很多“储备粮”，于是便离开座位给自己做泡面吃。

她一坐下来就看到屏幕右下角在绝望地闪着——

【 ♂弑神の孤独 请求添加您为好友。】

她的电脑估计会悲剧，如果泡面可以喷出来的话。

刚想逃跑，程可忽然发现白衣少侠头上弹出一个可怜兮兮的表情。是了，她离开这么久，自己的小舞麦芽也没有被打的痕迹。难道他真的只是想加个好友？这个念头一闪而过，程可瞬间想起弑神同学缠着好友比武的江湖“美谈”，再想到自己这招摇的武器……程可深吸一口气，点开道具，瞬移。

网游的聊天窗口分为【公会】【门派】【世界】三个界面，除了【世界】的聊天窗口是所有人都看得见外，每个界面的聊天窗口只有特定的人才看得到。

程可本来最喜欢在【门派】或【世界】中和各路英雄侃大山，但♂弑神の孤独和她同一个门派，不管在【世界】或【门派】中聊，他都能看到她的话。于是程可只好缩在【公会】的窗口里和好友们抱怨——

小舞麦芽：我完了，被孤独 PK 狂盯上了……

黑猫猫猫：他一定是看上你的武器了！

o0 龙之刃 0o：大姐头不哭……他想杀就让他杀几次好了！

小舞麦芽：滚！

程可欲哭无泪。

之后的几天，♂弑神の孤独很意外地没有出现。程可正以为噩梦过去时，她的好姐妹黑猫猫猫领着一个白衣少侠一脸谄媚地来到她面前——

屏幕右下角又开始闪。

【♂弑神の孤独 请求添加您为好友。】

小舞麦芽惯性地准备跑。

黑猫猫猫的头上出现一串大大的感叹号制止了她——

“人质?”程可虚弱地敲下这几个字。

黑猫猫猫和♁弑神の孤独的头上立刻冒出两个汗的表情。

“别跑啦！他只是想和你认识一下！”

【♁弑神の孤独 请求添加您为好友。】

他又一次向她发送好友申请。

“你真的不是来杀我的?”

“嗯。”

“你保证?”

“嗯。”

白衣少年的话很少。

小舞麦芽第一次认真打量眼前的美男子，这个角色她其实一直很喜欢，相比起豪迈狂野的刀客或威风凛凛的魔王，这个角色有种飘逸而高贵的清朗。还有他的武器，泛着紫气和雷光的长枪，和那一身的飘逸很相衬。

正是女生的武侠梦里，英姿飒飒的少年模样。

程可轻轻叹了口气。

【 您已经添加♁弑神の孤独 为好友。】

最好不相知，如此便可不相思

“那时候想加你好友真是太不容易了。”♂弑神の孤独在聊天窗口感叹。

“谁叫你老杀人，声名太臭。”小舞麦芽很不给面子地反驳。

一个多月后，他俩已成为默契的搭档。托和平爱好者小舞麦芽的福，孤独君不找人打架了，而是和她一起组队打小怪兽。

最开始小心翼翼地接触后，程可发现，因为自己喜欢在公共窗口找人聊天，♂弑神の孤独早就注意她了。加之程可幽默、伶牙俐齿，因此，学习和生活都不顺的孤独君才特别想和她交朋友——没想到唐突了佳人。

小舞麦芽和他在同一个门派，等级比他低，是“直系师妹”。因此小舞做的任务他都做过，小舞要去什么地方找什么人，他清楚得很，才能在她之前准确地等在必经之路上。另外，因为加好友要点中对方的角色，因此人群密集的地方不方便，孤独便想在人少的路上拦下她——而小舞喜欢走小路的特点也让他头疼不已，绕了好久才摸清楚她的路线——好不容易碰上了，程可又总是不等他说话就逃跑，无奈之下曲线救国，才去找程可公会里的好友代为引荐。

难怪猫猫当时一脸谄媚，孤独君估计贿赂了她不少好东西。

程可在心里暗叹——其实这些 2 滴①的角色没有这么复杂的表情，那是她的幻觉。一想到人人惧怕的孤独君这么努力地想和她做朋友，她心里

① 即2D，作者卖萌。

很得意。

知道程可被自己吓到后，孤独君曾笑嘻嘻地换了自己另外一个账号陪她玩游戏。那是一个等级很高的战士，但这个账号下的他不再是个“危险人物”，而是个遵纪守法的“好公民”——孤独君以此来证明自己并不是一味好战的人。

而程可更对他佩服得五体投地，练成一个等级很高的角色已经很不容易了，而他竟然有两个账号！

在那个游戏里，如果自己一个人去打怪物，升级的速度很慢——最佳练级队伍一般是三到五个人，而程可开朗的性格让她在游戏中有很多朋友，想要练级就振臂一呼，周围总能“呼”地聚起来一群人——大家都愿意和她组队。

自从认识了战斗力很高的孤独同学，她更是如虎添翼，每次打小怪兽都拉上他。

渐渐地，程可队伍的固定角色只剩下三个人，小舞麦芽，♂弑神の孤独，还有♂弑神の孤独的另一个账号。孤独君的等级高，而且不管程可什么时候登录游戏，他基本都在线；另外他不辞劳苦，愿意开两个厉害的角色陪她练级，队伍一下就有了三人，省去了程可每次振臂一呼的麻烦；最妙的是，他似乎很容易害羞，每次程可的调侃都能让他发窘，程可觉得有趣得很。因此这个战斗队伍，慢慢就只剩下三个角色，两个人。

两人组队做任务时，刚开始总是程可叽叽咕咕地说，孤独君静静地听，偶尔“嗯”“哦”地回应两句；后来，他也被程可感染了，话越来越多。

“孤独！组队打怪！”

“孤独，陪我去刷宝宝。”

“孤独我们去做节日活动吧～”

“孤独你的法宝借我用一下！”

……

日复一日，小舞麦芽发现自己每次玩游戏都喜欢给孤独发信息。

♂弑神の孤独也总是乐呵呵地对她的指令言听计从。

慢慢熟悉的过程中，程可知道♂弑神の孤独比她还小两岁，明明很傻很天真，偏偏又带着点儿青春期特有的自大与骄傲——“中二少年！”——程可时常这样笑着打趣他。

孤独君有点偏激，自尊心强，但心底有一种渴望关怀的愿望——出于善良或者说女生天然的母性，程可发现自己不知不觉开始喜欢说教，努力引导这个少年，引导他更乐观向上、更平和理智一些。

又过了两个月，程可忽然收到他的消息。

“你别叫我孤独了，我真名叫小林。”

程可对他这样的认真忽然有点措手不及。小林，小林，她在心里默默地念了几遍这个名字，隐隐有种莫名的喜悦，于是她狡黠地回道：

“好的孤独。”

“你还真是……”

孤独君——小林回了一串汗的表情。

孤独君第一次这样主动地说话，那天他们聊了很久。

不聊游戏，而是聊她的学校、他的学校、她的生活、他的生活。小林的话比往常多了几倍，聊到最后意犹未尽，于是他们互留了手机号。

生活中的联系越发增加。

小林心里的冰渐渐融化，他把高三生活里的苦闷、彷徨与孤独都向她倾诉。程可也入了迷，不知不觉中，发现自己所有的喜怒哀乐都第一个想告诉他。

眉间心上，暗消流年。

最好不相许，如此便可不相续

“你知道今天是什么日子吗?”

曲江池边正是柳絮纷纷。小林忽然停在桥边，回头看着身后屁颠屁颠跟着他的小舞麦芽。

“不知道。”程可一边吃泡面一边老老实实地敲字。

“你加我好友一百天纪念日。”

她的电脑估计会又一次悲剧，如果泡面可以喷出来的话。

一霎时却有种垂柳温柔的醉意。

程可一边恶心着，一边有点害羞。难怪他今天话这么多。

小林称呼她“小舞”，但渐渐熟悉后，小林觉得大家都叫她小舞，自己也这么叫太没特色了。于是开始换称呼，改叫她“丫头”。程可无数次“威逼利诱”这个小弟弟喊自己“大姐头”，未果。小林在游戏里处处顺着她，唯独在称呼这一点上，固执得让程可直跺脚。无奈之下，她也就接受了这个有点暧昧的称呼。

有一次，程可这个爱好和平者莫名其妙被同一个人连着杀了两次，经验和装备都丢了不少，让她郁闷得直掉眼泪。小林知道后，就带着一群兄弟满世界地追杀那个人，连着杀了那人两次，还霸道地对他喊话“见一次杀一次”，颇有点威震江湖的味道。那个人吓得很长时间不敢上线。

还有一次，程可的账号被盗了，包里的道具被洗刷一空。而盗号者还无耻地继续用程可的角色玩游戏。小林又一次站出来，揍了“假程可”一顿，还想办法套出了“假程可”的主账号，把那个账号也狠狠杀了一轮。结果，程可的账号拿回来了，从此整个公会都知道，谁要是欺负程可，天涯海角、小林都会替她出这口气。

而这是小林偷偷做的，程可刚开始并不知情。直到后来程可的朋友大呼小叫地羡慕她找来这么个厉害的靠山时，程可才意识到小林为她做了这么多。

“谢谢！”小舞麦芽真心诚意给♂弑神の孤独留言。

然后那小子很欠打地回了个惊恐的表情给她——“你竟然也会说谢谢！”

害她又差点儿把泡面喷出来。

“想要什么谢礼？”

“最近月老那里有结婚送大礼的活动，你嫁给我吧！”

原来早有预谋……程可暗想。

不管怎样，这两次事件促使小林和程可的感情迅速升温。程可发现自己越来越依靠小林这个很有老大感的弟弟。她在心里盘算着，在游戏里结婚有很多好处：可以获得新的称号，获得系统赠送的稀有道具，还可以生厉害的宝宝和自己一起打小怪兽……

最关键的是，程可发现自己心跳得很快。

【月老：恭喜♁弑神の孤独 和 小舞麦芽 结为夫妇，百年好合，早生贵子！】

最好不相伴，如此便可不相欠

聊天的过程中发现，他们俩竟然就住在相邻的城市，小林很高兴，提出了见面的要求。这使得程可心里期待又紧张。

“你要怎么找我呢？”她问小林。

“我认得你，你的照片是我的手机待机。”

真是中二少年特有的浪漫，程可一边在心里嘲笑着，一边又被感动着。他们虽然还没见过面，但已经常视频聊天，手机短信不断。

初次见面那天两人约在她的校门口。但一切都没有电视剧里的那么浪漫，没有预期里人群中灯火阑珊处的惊鸿一瞥，有的只是小林在东门等而程可在西门等，然后他在她的大学里迷路的悲剧。

两人边打电话边在毒辣辣的太阳下找人。

见到面的时候，他特意穿上的新衬衫和她特意穿上的新裙子已经满是汗。两人相视，都不由得大笑起来。

小林和照片里一样眉清目秀。

但不知为什么，当面相处时两人都很害羞，程可的伶牙俐齿罢工了，小林也回到最初的样子，程可说两句他应一句“嗯”或者“啊”——明明一分钟前他们还在电话里互相调侃初次见面就迷路的窘事。

这就是他们的初会。

小林比程可小两岁，她大一的时候刚满19岁，而他还在念高中。但是好几次小林自己一个人跑到她的城市来，就为了见她。小林家是做生意的，父母没太多时间管他，他的成绩也不好。但他似乎从来不缺钱，不仅在游戏里舍得为程可砸钱买好东西，在生活上也时不时买点小礼物来讨好程可。每次见面时，小林都带很多小零食给她，还带着她到处吃东西买衣服。但说不上为什么，程可却一直在钱的方面尽量坚持AA制。

其实程可当时有心上人——一个师兄。只是那个人太耀眼，太遥远。当同宿舍的女孩子们一个一个坠入爱河时，寂寞的感觉铺天盖地，游戏变成程可当时最大的寄托。

所以当小林在游戏里买了很多玫瑰，为她摆出一个大大的爱心时，她就这样糊里糊涂地成了他的女朋友。

后来，他们在游戏里结婚、生子、建造家园，是一对恩恩爱爱的模范夫妻。因为程可不喜欢杀人，小林就依着她的意思，让自己的“低人气账号”到“官府”中蹲了好一阵的监狱，重新变回“守法好公民”。

两人一起买房子，买家具；生孩子，养孩子；做任务、卖道具赚钱，组队比武……

赏遍瑶池仙曲，月宫凌波；看尽长安烟火，骊山断壁；
闯过海底深渊，地府黄泉；走过大漠黄沙，蜀南竹海。

沧海月明，蓝田日暖；一世一双，笑傲江湖。

每次一想到自己改变了小林，两人可以这样携手江湖，程可心里都无比自豪。

最好不相爱，如此便可不相弃

“你男朋友又给你送吃的啦?”每次小林给程可寄礼物，她的舍友都无比羡慕。

“我们异地恋，吃的东西最能缓解思念了。”

虽说每次见面时都有点尴尬，程可却也渐渐适应了“女朋友”这个角色。毕竟他们在电话里，在网络上，都没有那种尴尬的情况。

但程可心里始终放不开。她发现很多事和她想的不一样。

在网络上聊天或发短信时，两人很聊得来，但每次见面她都发现自己都不能像在网络上那样热情。比如，在网络上程可会用一些很亲昵的称呼直接喊小林，或者偶尔调戏一下他，但是当面约会时，程可却发现自己做不到。

成为恋人后断断续续半年多，程可由最初的热情变得不温不火。而小林却似乎越陷越深，打电话的频率增加了，盼望见面的次数增加了。但他越是这样，程可就越觉得不安。她隐隐感觉到，尽管小舞和孤独可以结婚生子，但她和小林不会有结果。因为每一次的见面，他们都会出现不知道聊什么的尴尬。哪怕分离之后短信网络的热络和浪漫能让她暂时忘记见面时的不快，但生活终究是生活，网络不能替代生活。

所以她不想欠他。

和他出去玩，两人AA制只是一个方面，程可不希望小林对她这么好。

小林是个读不成书的孩子，沉迷网络。高三时，程可总是“教育”他不能这样颓废。甚至为了监督小林，而连着两个月不登录小舞麦芽这个账号。

“丫头睡没?”

“你还不休息？今天复习了吗？明天不是有考试吗?”

“做了一点，好烦。”

“你这样以后要怎么办，一直赖着你爸妈吗?”

“你不用担心我，我能养活自己，我还要养你呢。”

诸如此类的对话差不多隔几天就发生一次。程可苦口婆心，小林满不在乎。

高中毕业，他也没有选择上大学，而说要拿出点样子给程可看，初出茅庐却硬是跟着亲戚跑生意锻炼自己。

小林外出过了差不多一年，发了点小财又再度回来，继续帮着家里做生意。一年的分离，程可本以为小林能放下对她的感情，就一直对他爱理不理，希望他主动提分手。结果小林回来后还是一样热情。程可的愧疚感却越发深重。

她在他离开的这段时间慢慢知道，或许在自己心中，相对起男朋友，小林更像是一个弟弟，一个需要别人关怀、鼓励的弟弟。

程可大二后越来越忙。而小林在外出做生意的这段期间也很忙。两人登录游戏的时间和次数越来越少。

小舞麦芽，孤独君，还有他们的家、他们的孩子，那条珊瑚和水晶交织璀璨的路。

那些曾经把两人紧密联系在一起的东西忽然就变得不重要了。程可每每想到此，有点伤感，却又觉得可笑。曾经把我们紧紧联系在一起的，竟然是这么虚无的东西吗？

最好不相误，如此便可不相负

眼看着小林也能自己挣钱、逐渐成长了，程可就开始想着结束这段感情。她觉得拖得越久越对不起小林，她喜欢他肯定没有他喜欢她那么深。或者说，那究竟是不是“喜欢”，程可自己也说不清楚。

小林高中时就吸烟。做生意回来后，程可说她不喜欢吸烟的男生，小林就为她戒了。

那时，小林在程可所在的 M 市住了一段时间，两人经常见面。戒烟时的小林很痛苦，流眼泪，拼命吃口香糖。程可却只能看着他，抱着他，默默陪着他——除此之外什么都做不了。

“丫头，我很难受。”小林对她说。

程可看着他眼里依稀的泪光，心如刀绞。

但他竟然真的戒掉了烟。

小林又一次让程可感动不已：一个人可以为你做到这种程度——

"我不喜欢吸烟的男生。"那本只是程可随口而出的一句话。

一个在少人关心的家庭中成长起来的少年，在游戏里一边暴戾着用满身的刺去对待世界，一边孤独地渴望着朋友和认同。对于小林来说，灿烂的程可大概像一道光。她在人群中被大家喜爱着、簇拥着。程可的笑容和幽默一下子点亮了小林的黑夜，带着他走向了他渴望已久的那个喧闹又温暖的世界。

所以她说的点点滴滴，对他来说就像整个世界的阳光那么重要吧。

就好像最初在那条珊瑚铺就的路上，♂弑神の孤独在黑暗里等着那道光，注视着那个挥舞着闪闪发光的彩带从眼前跑过的小舞麦芽。

而对程可来说，她已经渐渐忘记了最初两人是如何走到一起的。或许是出于同情，或许是出于一种责任感，也或许这真的是爱情。但不管这是什么，每次一想到小林，纠缠她的只有越来越深的难受与纠结。

安得与君相决绝

后来程可意外地发现，从 2007 年小林去外面做生意开始，他就跟很多不三不四的女人"混在一起"，而且回来以后还老去夜总会找"奇怪的女人"。——她一下子就炸了。

"你跟那些女人什么关系？"程可的愤怒在电话里宣泄出来。

"谁告诉你的？"

"你管是谁告诉我的，你就说你和她们是怎么回事！"

"就是玩玩而已。"小林的声音满不在乎。

"你才多大！你现在就这样以后该怎么办？你这种没责任心的人

你……”程可像家长一样数落小林，却忘记了她自己其实也不过是一个20岁出头的学生。

“你对我这么冷淡你也有责任吧！你当时怎么不关心我?”小林像孩子一样闹起来。

程可语塞。那段时间她正想用冷漠来逼退小林。这不正是她想要的结果吗?

吵架的结果是，程可终于把憋在心里的话说出来了，包括她对小林的感觉，她想要分手的纠结。程可的气是吃醋呢，还是一种看小孩子不争气的恨呢，还是两者兼有? 她大概自己也不清楚。

冷战了几天，这俩小孩就在程可的校园里上演了这样的一幕：某个夏日午后的大雨，小林跑到程可的学校来找她。两人一人一伞一前一后在校园里散步。程可絮絮地说着分手的理由，小林默默地走在后面。在雨越来越大的时候，他忽然丢开伞把程可抱在怀里。两个人的伞就这样落在地上。就像各种肥皂剧里上演的那样，暑假空旷的校园里，一场很大的暴雨，两把落在地上的伞，两个在雨中相拥的人。

第一次分手以失败告终。

“我当时都傻了。”

程可回来对着室友感叹。然后发现，在他怀里的时候，她想的全是他过往的好。

事后程可试着抛开所有自己对这段感情的质疑，努力去喜欢他——但还是没办法对小林热情，反而越来越纠结。这样勉强拖了半年，两人也偶尔如走形式一般地约会几次。有时候小林过来找程可，有时候程可到小林家。

但结果或许在很早前就注定了。

第二次分手再谈时，两个人反而平静了。没有轰轰烈烈，在程可的记忆中，小林当时并没有第一次那般的伤感，那天很草率简单地就结束了谈话——走到这一步，已经不需要说太多。

程可以为自己不会难过，因为这段感情里他始终比她投入多，她一直在闪躲，但是很意外，她回到家竟然哭了一个晚上。

当时只道是寻常

她打开许久不登录的小舞麦芽。

她的武器更绚烂了，那是孤独送她的宝石，那是孤独和她一起打出的装备；

他们的家很宽敞，家具陈设古韵而别致——那都是程可的设计，然后小林陪她一起完成她的图纸；

她的头衔还是以前的样子——【♂弑神の孤独的娘子】；

她的背包里还留着他送的99朵玫瑰花……

好友系统里♂弑神の孤独的头像一直是灰色的；

屏幕的右下角，大概再也不会闪出他的信息了吧。

小舞麦芽那天又跑了一遍很久没做的任务。

路过那条珊瑚路时，她心里期望着路的尽头有一个白衣侠客。

可是什么都没有。

斑斓的珊瑚与水晶交织的绚丽色彩，忽然很空洞。

程可再也没有在游戏里碰到他。无疾而终，就是这样的感觉吧。

或许程可是喜欢他的。从大一到大三，毕竟他们交往了两年多，而且，那是她的初恋。刚分手的时候程可很不习惯没有他。回想起来，程可与小林当初都是懵懵懂懂，他们之间互相的依恋到底是不是爱情，终究是他没懂，她也没懂。小林很快淡出了程可的世界，而那些曾经的江湖风雨爱恨情仇，都化作一句只是当时已惘然。

相濡以沫，不如相忘于江湖。真的是这样吗？

尾声

“我觉得对不起那个小孩。”程可对室友这样说。

程可知道，如果重来，她大概最开始就不会答应小林。建立在虚幻世界里的感情太不牢靠，而且，这份爱里掺杂着太多其他的感情。

之后在大学的一年多时间，程可一想到恋爱就有种心如死灰的疲劳感。

在这之后程可还是很寂寞，又在其他的网游里找了一个男朋友。两人在同一座城市，而他还是比她小一岁。不过这次时间短，两人面都没见几次就分了。

程可也疑惑过，自己在找的，是不是小林的影子呢？

忽然想起网络上的一首歌，凤凰长离唱的《相思十诫》，一句一句叩人心。

第一最好不相见，如此便可不相恋。

第二最好不相知，如此便可不相思。

第三最好不相伴，如此便可不相欠。

第四最好不相惜，如此便可不相忆。

第五最好不相爱，如此便可不相弃。

第六最好不相对，如此便可不相会。

第七最好不相误，如此便可不相负。

……

直到2010年毕业，程可整个大学的恋爱就两次，两次都是从游戏开始，在现实中结束。“直到现在我都没弄清楚当时究竟是不是爱情……乱七八糟的。”她这样评价自己在大学的两次恋爱，“算啦，无所谓了。”

东劳西燕，曲终人散。

最后也没能明白的感情，也随那时的岁月一起散去了。

后　记

青春绚烂的年华里不能缺少的部分，叫作爱情，这一定是大学生活中最棒的一个词。周石老师说："这是一本关于爱情的书，更是一本向青春致敬的书。"这就是这本书的来历，致爱情、致青春，也是我们后来一次次做访谈、改文章、开会讨论的最初动力。

参与本书编写的每一个作者都是热爱故事、热爱爱情的人。21 个人组成的作者团都是来自于中国人民大学劳动人事学院的大二学生，大家在这里相识相熟相知。开始前的头脑风暴，访谈前的方法培训，访谈写作初稿完成，互相评价认真修改，编辑意见的回馈，创作过程中的每一步都是由大家共同努力完成的。每一次的例会研究，每一次楼梯间的讨论，我们都会提前好好准备，除了对自己创作的思考，也会认真地阅读团队中其他组员的文章，互相帮助、互相学习。二稿、三稿……直到 N 稿、最终稿。改到最后，我们已经可以把自己的故事倒背如流了。这样一路走来，终于实现了全书的写作。

因为是第一次参与书籍编写，故事书写的整个过程中历经磨难。过于口语化的表达、字词使用的不妥、访谈信息的整合，我们遇到很多困难。一些年代久远的故事，当事人已记不清几十年前的点滴，很多回忆都是片段或是个人感悟，这对于写成故事的我们来说确实是一大难题。还有涉及异国恋、同性恋的话题，或是其他的故事也都会遇到坎坷。一字一句的斟酌，一遍一遍修改，最终将这一部完整作品呈现。正如陈筱睿老师所说："这是一个磨的过程，改到最后自己都不想再看了。但当成果出来后再品味这个痛苦过程，其实是很美好的。"现在的我们开始真切感受到了这句话。

写作的整整一年中，我们几乎都沉浸在自己访谈的爱情故事里，细心体会每一点感情，尽力给读者展现一个质朴真实的故事。而我们，作为访谈者、旁观者，从每一段故事里都有自己的收获。懂得知足珍惜，学会成长包容，忠于梦想，面对现实。有时候倾注在故事里很久，羡慕、遗憾、感动、惋惜，交织在一起，自己也期待一段故事般的爱情真实上演。

相信这十八个不同年代不同类型的恋爱故事，总有一个会触及你内心最柔软的部分，找到共鸣，也希望它们对正在恋爱或准备恋爱的你有一些帮助。

最后，我们要感谢为本书的形成作出贡献的所有人。

感谢周石老师和陈筱睿老师提出了一个精彩的主题，组织同学们编写书籍，给我们丰富人生经历的机会；并且一次次开会指导，安排培训，与学院和出版社进行交流，给我们提供了很多修改意见，使我们最初的梦想成为现实。

感谢每一个接受我们访谈请求的主人公，敞开心扉地回答我们的问题，与我们分享他们的爱情故事和心灵感受。也感谢参加豆瓣活动的每一位有故事的人。

感谢出版社的王晓翔编辑，她为本书提供了许多宝贵的意见，使我们的故事更充实，更细腻。王晓翔编辑在文字编辑、书面的设计以及出版等方面做了大量的工作，我们对她的辛苦劳动表示感谢。

感谢作者团的所有成员，一路走来，我们彼此互相支持鼓励，甚至有时争吵横眉。奔走、书写、修改、再修改，最终我们出书的这个梦，实现了。

感谢所有的读者静心看完这些故事。读完故事的你或微笑或叹息，都是对我们最好的鼓励。不足之处，欢迎交流。

整本书读完了，相信你一定有所收获，更加勇敢，永远做一个无愧于青春、无愧于爱情的人。

我在大学谈恋爱，期待与你共鸣。

乔懿，毕玥，张宏亮，章乐乐，王天翼，戴茹茹，唐木，李东辰，张鑫宇，丁香元，贾筱，贾鸿蔚，佘卓霖，李和怡，延子巾，林姣，王祯，侯晓娟，沈赋瑀，赵抗抗，赵欣欣

2013 年 9 月 1 日于中国人民大学劳动人事学院